Rosario Tijeras ✒  W9-BGO-665

Jorge Franco

Rosario Tijeras

Tradução
Fabiana Camargo

ALFAGUARA

© 1999, Jorge Franco
Todos os direitos desta edição reservados à
Editora Objetiva Ltda. Rua Cosme Velho, 103
Rio de Janeiro — RJ — Cep: 22241-090
Tel.: (21) 2199-7824 — Fax: (21) 2199-7825
www.objetiva.com.br

Título original
Rosario Tijeras

Capa
Marcelo Pereira / Tecnopop

Imagem de capa
Christopher Anderson / Magnum Photos

Revisão da tradução
Elisabeth Xavier de Araújo

Revisão
Antônio dos Prazeres
Rosy Lamas
Diogo Henriques

Editoração Eletrônica
Abreu's System Ltda.

CIP-BRASIL. CATALOGAÇÃO-NA-FONTE
SINDICATO NACIONAL DOS EDITORES DE LIVROS, RJ.

F895r
    Franco Ramos, Jorge
       Rosario Tijeras / Jorge Franco ; tradução Fabiana Camargo. – Rio de Janeiro :
    Objetiva, 2007.

       155p.   ISBN 978-85-60281-02-2
    Tradução de : *Rosario Tijeras*

       1. Romance colombiano. I. Camargo, Fabiana. II. Título.

06-4467.   CDD 869.993613
                               CDU 821.134.2(861)-3

07.12.06   12.12.06   017276

ORAÇÃO AO SANTO JUIZ

Se tiverem olhos, que não me vejam,
Se tiverem mãos, que não me toquem,
Se tiverem pés, que não me alcancem,
Não permitas que me peguem pelas costas,
Não permitas que minha morte seja violenta,
Não permitas que meu sangue seja derramado.
Tu que tudo sabes,
Sabes de meus pecados,
Mas também sabes de minha fé,
Não me desampares.
Amém.

1

Como levou um tiro à queima-roupa ao mesmo tempo em que recebia um beijo, Rosario confundiu a dor do amor com a da morte. Mas tirou a dúvida quando afastou os lábios e viu a pistola.

— Senti um arrepio pelo corpo inteiro. Pensei que fosse o beijo... — me disse ela, desfalecida a caminho do hospital.

— Não fale mais, Rosario — disse-lhe, e apertando minha mão ela pediu que não a deixasse morrer.

— Não quero morrer, não quero.

Apesar de animá-la dando esperanças, minha expressão não a enganava. Até moribunda estava bela, fatalmente divina se esvaía em sangue quando entraram com ela na sala de cirurgia. A velocidade da maca, o vaivém da porta e a ordem estrita da enfermeira me separaram dela.

— Avisa a minha mãe — pude ouvi-la falar.

Como se eu soubesse onde morava sua mãe. Ninguém sabia, nem mesmo Emilio, que a conhecia tanto e teve a sorte de possuí-la. Liguei para ele. Ficou tão calado que tive de repetir o que eu mesmo não acreditava, mas, de tanto repetir para tirá-lo daquele silêncio, caí em mim e entendi que Rosario estava morrendo.

— Vamos perdê-la, cara.

Disse isso como se Rosario fosse dos dois, ou quem sabe tivesse sido um dia, num deslize ou no desejo constante dos meus pensamentos.

— Rosario.

Não me canso de repetir seu nome enquanto amanhece, enquanto espero que Emilio chegue, e ele certamente não virá, enquanto espero que alguém saia do centro cirúrgico e me diga alguma coisa. Amanhece mais lentamente do que nunca, vejo se apagarem as luzes do bairro alto de onde Rosario desceu.

— Olha bem para onde estou apontando. Lá no alto, sobre a fileira de luzes amarelas, um pouco mais para o alto, ficava minha casa. Ali deve estar dona Rubi rezando por mim.

Eu não vi nada, só seu dedo apontado na direção da parte mais alta da montanha, enfeitado com um anel que nunca imaginou que teria, e o braço mestiço e o cheiro de Rosario. Seus ombros de fora, como quase sempre, as camisetinhas minúsculas e os seios tão empinados quanto o dedo que apontava. Agora está morrendo depois de tanto se esquivar da morte.

— Ninguém me mata — disse certa vez. — Sou vaso ruim.

Se ninguém sai, é porque ainda está viva. Perguntei várias vezes, mas ninguém sabia me responder; não a registramos, não deu tempo.

— A menina, a do tiro.

— Aqui quase todo mundo chega baleado — informou a recepcionista.

Achávamos que fosse à prova de balas, imortal apesar de viver rodeada de mortos. Veio-me a certeza de que um dia nos alcançaria também, mas me consolei com o que Emilio dizia: ela tem um colete à prova de balas por baixo da pele.

— E por baixo da roupa?

— Carne firme — respondeu ele à brincadeira de mau gosto. — E contente-se em olhar.

Todos gostamos de Rosario, mas Emilio foi o único que teve coragem, porque devo confessar que não foi só uma questão de sorte. Era preciso coragem para se meter com Rosario, e, mesmo que eu tivesse tido, de nada adiantaria, porque cheguei tarde. Emilio foi quem a teve de verdade, quem a disputou com seu dono anterior, quem arriscou a vida e o único que lhe ofereceu trazê-la para nosso lado. "Mato ele e depois mato você", lembrei que Ferney o havia ameaçado. Lembro disso porque cheguei a perguntar a Rosario:

— O que Farley disse?

— Ferney.

— Isso, Ferney.

— Que primeiro ele mata Emilio e depois me mata — explicou Rosario.

Voltei a ligar para Emilio. Não lhe perguntei por que não vinha me acompanhar; tinha lá suas razões. Disse-me que ele também continuava acordado e que sem dúvida mais tarde daria uma passada por aqui.

— Não liguei pra isso, liguei pra pedir o telefone da mãe de Rosario.

— Soube de alguma coisa? — perguntou Emilio.

— Nada. Continuam lá dentro.

— Mas e aí? Dizem o quê?

— Nada, não dizem nada.

— E ela pediu que você avisasse a mãe dela? — perguntou Emilio.

— Disse isso antes de a levarem.

— Estranho — comentou Emilio. — Até onde eu sei, ela não falava mais com a mãe.

— Não tem nada de estranho, Emilio, e sim de sério.

Rosario sempre lutou para esquecer tudo o que deixou para trás, mas seu passado é como uma casa ambulante que a acompanhou até o centro cirúrgico, e que abre espaço ao seu lado entre monitores e balões de oxigênio, onde aguardam que ressuscite.

— Como disse que se chamava?

— Como se chama — corrigi a enfermeira.

— Então, como se chama?

— Rosario. — Minha voz pronunciou o nome com alívio.

— Sobrenome?

Rosario Tijeras,* deveria dizer, porque era assim que a conhecia. Mas Tijeras não era o nome dela, e sim sua história. Trocaram seu sobrenome contra a sua vontade, causando-lhe um grande desgosto, mas o que ela nunca entendeu foi o grande favor que lhe fizeram as pessoas de seu bairro, porque num país de filhos de prostitutas trocaram-lhe o peso de um único sobrenome, o de sua mãe, por um apelido. Depois se acostumou e até acabou gostando da nova identidade.

— Só com o nome já assusto — me disse no dia em que a conheci. — Gosto disso.

E dava para ver que ela gostava, porque pronunciava seu nome enfatizando cada sílaba e arrematava com um sorriso, como se os dentes brancos fossem seu segundo sobrenome.

— Tijeras — disse à enfermeira.

— Tijeras?

— Sim, Tijeras — repeti, imitando o movimento com dois dedos. — Aquela que corta.

"Rosario Tijeras", anotou ela, depois de um risinho idiota.

Nos acostumamos tanto ao seu nome que nunca pensamos em chamá-la de outra maneira. Na escuridão dos corredores sinto a angustiante solidão de Rosario neste mundo, sem uma identidade que lhe dê respaldo, tão diferente de nós que podemos escavar nosso passado até o último cantinho do mundo, com sobrenomes que pro-

---

* *Tijeras* em espanhol significa "tesoura". (N. da E.)

duzem expressões de aceitação e até de perdão por nossos crimes. A vida não perdoou nada de Rosario; por isso se defendia tanto, criando um cerco de bala e tesoura, sexo e castigo, prazer e dor. Seu corpo nos enganava, achávamos que nele se encontrariam as delícias da alegria, sua figura cor de canela convidava a isso, dava vontade de prová-la, de sentir a ternura de sua pele limpa, sempre tinha vontade de entrar em Rosario. Emilio nunca nos contou como era. Ele tinha autoridade para dizê-lo porque a possuíra muitas vezes, por muito tempo, muitas noites em que eu os ouvia gemer do outro quarto, gritar durante horas intermináveis, os prolongados orgasmos, eu no quarto ao lado, atiçando a recordação de minha única noite com ela, a noite estúpida em que caí em sua armadilha, uma só noite com Rosario morrendo de amor.

— A que horas a trouxeram? — perguntou a enfermeira, formulário na mão.

— Não sei.

— Aproximadamente que horas?

— Lá pelas quatro — respondi. — E agora, que horas serão?

A enfermeira virou-se para olhar um relógio de parede.

— "Quatro e meia" — anotou.

O silêncio dos andares é cortado a todo instante por um grito. Presto muita atenção para saber se algum vem de Rosario. Nenhum grito se repete, são os últimos ruídos dos que não verão a nova manhã. Nenhuma das vozes é dela; encho-me de esperança pensando que Rosario já saiu de tantas dessas, de histórias que nunca vivi. Era ela quem me contava, como quem conta um filme de ação de que gostou, com a diferença de que ela era a protagonista, em carne e osso, de suas histórias sangrentas. Mas há uma grande distância entre uma história contada e uma vivida, e, na minha, Rosario perdia. Não era a mesma coisa ouvi-la contar dos litros de sangue que tirara dos outros e vê-la no chão, secando por dentro.

— Não sou quem você pensa que sou — disse-me um dia, antes de tudo.

— Quem é você então?

— A história é longa, parceiro — respondeu com olhos vidrados —, mas você vai conhecê-la.

Apesar de ter falado tanto e de tudo, acho que só fiquei sabendo da missa a metade; queria conhecê-la toda. Mas o que me contou, o que vi e pude averiguar foi suficiente para entender que a vida não é o que fazem a gente pensar que é, mas que valia a pena vivê-la se nos garantissem que em algum momento cruzaríamos com mulheres como Rosario Tijeras.

— De onde saiu esse "Tijeras"? — perguntei uma noite, cachaça na mão.

— De um sujeito que capei — respondeu, olhando o copo que em seguida esvaziou.

Fiquei sem vontade de perguntar mais, só desta vez, porque depois, a todo instante, a curiosidade me atacava e eu a bombardeava de perguntas; a umas respondia e a outras me dizia que deixássemos para depois. Mas me respondeu todas, cada uma a seu tempo, às vezes até ligava à meia-noite e me dava uma resposta que tinha ficado para trás. Respondeu todas as minhas perguntas, à exceção de uma, embora eu a repetisse muitas vezes.

— Já se apaixonou, Rosario?

Ficava pensando, o olhar distante, e como resposta me dava um sorriso, o mais lindo de todos, que me deixava mudo, incapaz de qualquer outra interrogação.

— Você pergunta muita bobagem mesmo — respondia às vezes.

Do lugar para onde a levaram entram e saem médicos e enfermeiras apressados, empurrando macas com outros moribundos ou conversando entre si em voz baixa e caras sérias. Entravam limpos e saíam com uniformes salpicados. Imagino qual é o sangue de Rosario; tinha de ser diferente dos demais, um sangue que corria a mil por hora, um sangue tão quente e tão cheio de veneno. Rosario era feita de outra coisa, Deus não teve nada a ver com sua criação.

— Deus e eu não nos damos muito bem — disse um dia a respeito de Deus.

— Não acredita Nele?

— Não — afirmou. — Não acredito muito nos homens.

Uma particularidade de Rosario era que ria pouco. Não passava de um sorriso, raramente a ouvíamos dar uma gargalhada, ou qualquer tipo de ruído com que expressasse uma emoção. Mantinha-se impávida tanto quando ouvia uma piada quanto diante da situação mais grotesca, nem as carinhosas cócegas com que Emilio lhe tentava fazer rir tiravam-na do sério. Nem os beijos no umbigo, nem as unhas roçando debaixo dos sovacos, nem a língua correndo sobre sua pele até a sola do pé. No máximo, dava um sorriso, desses que iluminam na escuridão.

— Meu Deus, Rosario, quantos dentes você tem?

Outra coisa que nunca soubemos foi sua idade. Quando a conhecemos, quando conheceu Emilio, tinha 18; eu a vi pela primeira vez poucos meses depois disso, dois ou três, e me disse que tinha 20; depois a ouvimos dizer que tinha 22, 25, depois novamente 18, e assim ia vivendo, trocando tanto de idade como de roupa, como de amantes.

— Quantos anos você tem, Rosario?

— Quantos você me dá?

— Uns 20.

— É o que tenho.

A verdade é que aparentava todos os anos que mentia. Às vezes parecia uma menina, muito mais nova do que dizia, uma adolescente. Outras parecia muito mulher, de muito mais de 20 e tantos anos, com mais experiência que todos nós. Mais fatal e mais mulher ela ficava quando fazia amor.

Uma vez a vi velha, decrépita, pelos dias de bebedeira e fumo, osso puro, seca, cansada como se carregasse todos os anos do mundo, encolhida. Levou Emilio nessa viagem. O pobre quase se perdeu. Envolveu-se tanto quanto ela, e enquanto não chegaram ao fundo não puderam sair. Nesses dias ela havia matado um sujeito, dessa vez não a tesouradas, mas a bala, andava armada e meio louca, paranóica, perseguida pela culpa, e Emilio se refugiou com ela na casinha da montanha, sem mais provisões que álcool e drogas.

— O que aconteceu com vocês, Emilio? — Foi a primeira coisa que pude perguntar.

— Matamos um cara — disse ele.

— Matamos é muita gente — corrigiu ela com a boca seca e a língua pesada. — Eu o matei.

— Dá no mesmo — reiterou Emilio. — O que um faz é coisa dos dois. Rosario e eu matamos um cara.

— Mas quem, meu Deus? — perguntei indignado.

— Não sei — respondeu Emilio.

— Eu também não — disse Rosario.

Também ficamos sem saber quantos mais matou. Soubemos que, antes de nos conhecer, tinha vários em sua lista, que enquanto esteve com a gente tinha "derrubado", como ela dizia, um ou outro, mas, de três anos para cá, desde que a deixamos até esta noite, em que a encontrei agonizante, não sei se num desses beijos apaixonados "derrubara" mais alguém.

— Você viu o cara que atirou nela?

— Estava muito escuro.

— E conseguiram pegá-lo? — voltou a perguntar a enfermeira.

— Não — respondi. — Mal a beijou, saiu correndo.

Cada vez que Rosario matava alguém, engordava. Ficava fechada em casa comendo, apavorada, ficava semanas sem sair, pedia doces, sobremesas, comia tudo o que passasse na sua frente. Às vezes a viam sair, mas logo voltava cheia de sacolas de comida; não falava com ninguém, mas, ao perceberem que ela ganhava peso, todos deduziam que Rosario havia se metido em encrenca.

— Estas listras são estrias. — Mostrou-nos as pernas e o abdome. — É que engordei muitas vezes.

Cerca de três ou quatro meses antes do crime, parava de comer e começava a emagrecer. Guardava as roupas de moletom nas quais escondia os quilos e voltava ao jeans apertado, às miniblusas, aos ombros de fora. Voltava a ser tão linda quanto a imagem que qualquer um tem dela.

Na noite em que a encontrei estava magra; isso me fez pensar numa Rosario tranqüila, recuperada, distante de suas antigas turbulências, mas, ao vê-la cair abatida, saí de meu engano momentâneo.

— Desde criança era valentona — dizia orgulhosa. — As professoras tinham pavor de mim. Uma vez arranhei a cara de uma.

— E o que acontece?

— Me expulsaram da escola. Também me disseram que iam me botar na cadeia, uma cadeia de crianças.

— Toda essa confusão por causa de um arranhão?

— Um arranhão com tesoura — esclareceu ela.

As tesouras eram o instrumento com o qual convivia diariamente: a mãe era costureira. Por isso, acostumou-se a ver dois ou três pares permanentemente em sua casa; além disso, via que a mãe não as usava apenas nos tecidos, mas também para cortar o frango, a carne, o cabelo, as unhas, e, com muita freqüência, para ameaçar o marido. Os pais, como quase todos os da favela, deixaram o campo à procura daquilo que todos desejam, e, como não encontraram nada, instalaram-se na parte alta da cidade para se dedicar a biscates. A mãe se empregou como doméstica, folgando aos domingos para ver os filhos e fazer visita conjugal. Era fã de novelas, e de tanto vê-las na casa onde trabalhava foi despedida. Mas teve mais sorte, conseguiu um emprego de diarista que lhe permitia voltar para casa e ver a novela deitada na própria cama. Com uma dessas novelas, aprendeu que se podia sair da pobreza freqüentando aulas de costura; o difícil era encontrar vaga nos fins de semana, porque parecia que todas as empregadas da cidade tinham o mesmo sonho. Mas a costura não a tirou da pobreza, nem a ela nem nenhuma delas, e as únicas que enriqueceram foram as donas dos cursos de corte e costura.

— O homem que mora com minha mãe não é meu pai — explicou-nos Rosario.

— E onde anda o seu? — perguntamos Emilio e eu.

— Não faço a mínima idéia — enfatizou ela.

Emilio já me havia avisado para não falar no pai dela; no entanto, nesse dia, foi ela mesma que tocou no assunto. As bebidas a deixavam nostálgica, e acho que se comoveu quando nos ouviu falar de nossos pais.

— Ter pai deve ser muito doido — começou.

Depois foi soltando pedaços da sua história. Contou que o dela as abandonara quando ela nasceu.

— Pelo menos é o que diz dona Rubi — falou. — Claro que não acredito em nada.

Dona Rubi era sua mãe. Mas em quem não se podia acreditar mesmo era em Rosario. Tinha a capacidade de convencer sem precisar recorrer a muitas histórias, mas, se surgia alguma dúvida sobre sua "verdade", apelava para o choro a fim de encerrar a mentira com a compaixão das lágrimas.

— Estou envolvido com uma mulher da qual não sei nada — disse-me Emilio —, absolutamente nada. Não sei onde mora nem quem é sua mãe, se tem irmãos, nada sobre seu pai, o que faz, não sei nem quantos anos tem, porque para você já deu outra idade.

— Então, está fazendo o quê com ela?

— É melhor perguntar o que ela está fazendo comigo.

Qualquer um podia enlouquecer com Rosario, e se não caí nessa foi porque não permitiu, mas Emilio... No início tive muita inveja dele, me deu uma raiva da sua sorte, conseguia as melhores, as mais bonitas; por outro lado, eu ficava com as amigas das namoradas de Emilio, menos gostosas, menos bonitas, porque uma mulher bonita geralmente anda com uma feia. Mas como eu sabia que as aventuras dele não duravam, esperava tranqüilamente com a minha feia até que ele trocasse para que eu trocasse também, e dava um tempo para ver se sobrava algo melhor para mim. Mas com Rosario foi diferente. Ele não quis trocá-la, e eu também não quis ficar com nenhuma amiga dela; também gostei de Rosario. Mas devo admitir: tive mais medo do que Emilio, porque com ela não era uma questão de gosto, de amor ou de sorte, com ela tratava-se de coragem. Tinha de ser muito fodão para se meter com Rosario Tijeras.

— Esta mulher é foda — dizíamos a ele.

— É o que mais gosto nela.

— Já andou com gente muito ruim, você sabe — insistíamos.

— Agora está comigo. É o que importa.

Andou metida com gente que agora está na cadeia, com os piores dos piores, os que foram perseguidos por muito tempo, pelos quais se pediu recompensa, que se entregaram e depois se mandaram, e com muitos dos que hoje estão debaixo de sete palmos. Eles a tiraram da favela, mostraram-lhe as maravilhas do dinheiro, como vivem os ricos, como conseguir o que se quer, porque tudo se pode conseguir, se realmente se quer. Trouxeram-na para nós, aproximaram-na da gente, mostraram-na como quem diz: "Vejam, seus bundas sujas, nós também temos mulheres gostosas e mais corajosas do que as suas", e ela não se mostrou nem burra nem molenga, sabia quem éramos, gente fina, os gostosões da área, e gostou do papo e se deitou com Emilio, e o comeu inteiro, sem mastigar.

— Essa mulher me deixa louco — repetia Emilio, entre preocupado e feliz.

— Essa mulher é foda — eu dizia, entre preocupado e invejoso.

Nós dois estávamos certos. Rosario é dessas mulheres que são veneno e antídoto ao mesmo tempo. Quem quer se curar ela cura, e quem quer se matar ela mata.

2

Desde que Rosario conheceu a vida, não deixou de lutar com ela. Às vezes ganha Rosario, outras, a rival, às vezes empatam, mas se alguém apostasse, de olhos fechados veria o final: Rosario vai perder. Ela certamente me diria, como sempre disse, que a vida sempre nos vence, acaba nos matando de um jeito ou de outro, e eu, seguramente, lhe diria que sim, que tem razão, mas uma coisa é perder a batalha por alguns pontos, e outra muito diferente é perdê-la por "nocaute".

Quanto mais cedo uma pessoa descobre o sexo, mais chances tem de se dar mal na vida. Por isso insisto que Rosario nasceu perdendo, porque a violaram antes do tempo, aos 8 anos, quando a pessoa nem sequer imagina para que serve o que se tem. Ela não sabia que podiam feri-la por ali, no lugar que o colégio ensinara que devia cuidar e ensaboar todos os dias, mas foi justamente ali, onde mais dói, que um dos tantos que viveram com sua mãe uma noite tapou-lhe a boca, trepou sobre ela, abriu-lhe as perninhas e incrustou-lhe a primeira dor que sentiu em sua vida.

— Só 8 aninhos — lembrou com raiva. — Isso não vou esquecer nunca.

Parece que essa noite não foi a única. O cara gostou da maldade. E segundo Rosario me contou, até depois de dona Rubi trocar de homem, continuou atrás dela, em casa, na escola, no ponto do ônibus, até que ela não agüentou mais e contou tudo ao irmão, o único que parecia amá-la de verdade.

— Johnefe se encarregou de tudo quietinho — disse Rosario. — Quem me contou foi um amigo dele, depois que o mataram.

— E com o cara? Fizeram o quê?

— Aquele lá... deixaram ele sem ter com o quê continuar fodendo.

Ainda que o tenham deixado sem sua arma malvada, ela nunca perdeu aquela dor, na verdade só mudou de lugar, quando subiu-lhe à alma.

— Oito aninhos — repetiu. — Que putaria!

Dona Rubi não quis acreditar na história quando Johnefe, possesso, lhe contou. Tinha mania de defender os homens que não estavam mais com ela, e de atacar o da vez. A velha mania das mulheres de quererem o homem que não têm.

— Isso é história da menina, que tem imaginação de gente grande — disse dona Rubi.

— Quem tem de sobra é a senhora, mãe — replicou Johnefe furioso. — E não estou falando da imaginação.

Ele amava Rosario porque ela era a única irmã verdadeira: "filhos de mesmo pai e mesma mãe", afirmava dona Rubi. O que eles achavam estranho era que fazia muitos anos que um homem não passava tanto tempo com aquela mulher. Mas, apesar das suspeitas, a única que ele admitiu e chamou de irmã foi Rosario, os outros eram simplesmente "as crianças da dona Rubi".

— Quantos irmãos você tem, Rosario? — perguntei-lhe casualmente.

— Uhm! Nem sei mais quantos somos — disse —, porque depois que fui embora soube que dona Rubi continuou tendo filhotes. Como se tivesse com o que sustentá-los.

Rosario saiu de casa aos 11 anos. Começou uma longa viagem que nunca permitiu que estivesse mais de um ano num mesmo lugar. Johnefe foi o primeiro a recebê-la. Fora expulsa do colégio onde ainda se arriscavam a recebê-la apesar da história do "arranhão" e de tantas outras similares, mas a última — raptar por uma semana uma professora e cortar o cabelo dela com tesouradas loucas — não teve perdão, e sim novas ameaças de enviá-la a um reformatório.

— Se na cadeia você não pode ficar — disse dona Rubi —, nesta casa também não. Se manda.

Rosario refugiou-se feliz e contente no local onde ficava o irmão. Ninguém duvidava de que o amava mais que a mãe, mais que qualquer pessoa no mundo.

— Mais que Ferney até — dizia orgulhosa.

Ferney era amigo de Johncfe, parceiros e companheiros do bando. Tinham a mesma idade, uns cinco anos a mais que Rosario. Ela sempre o desejou, desde que o viu soube que Ferney era um irmão com o qual poderia pecar.

— Nunca imaginei que fosse ter um rival das favelas — dizia Emilio.

— Vão matar você — avisávamos inutilmente.

— Primeiro matam ele. Vocês verão.

Quando Emilio conheceu Rosario, ela não estava mais com Ferney. Fazia tempo que havia abandonado sua área e sua gente. Os durões haviam instalado Rosario num apartamento de luxo, de fato muito próximo do nosso, deram-lhe carro, conta corrente e tudo o que se pode imaginar. Mas Ferney continuava sendo seu anjo da guarda, seu amante clandestino, seu provedor incondicional, o substituto de seu irmão falecido. Ferney também passou a ser a dor de cabeça de Emilio, e este, a pedra no sapato de Ferney. Apesar de se terem visto poucas vezes, criaram uma inimizade da qual Rosario foi a mensageira. Era ela quem levava os recados do ódio do mundo.

— Diga a esse filho-da-puta que se cuide — mandava-lhe dizer Ferney.

— Diga a esse filho-da-puta que estou me cuidando — mandava-lhe dizer Emilio.

— Por que não se matam de uma vez e me deixam tranqüila? — dizia-lhes Rosario. — Já estou por aqui com este leva-e-traz.

Rosario se queixava mas na verdade sempre gostou do duelo. De certa forma, ela foi quem mais o propiciou, era ela quem mais levava e trazia; e respaldada pelas mentiras, divertia-lhe fomentar a batalha.

Quando finalmente mataram Ferney, pensamos que Rosario fosse ficar chateada com a gente, especialmente com Emilio, que tinha uma raiva muito grande dele, mas não; não foi assim, nunca se sabia o que esperar de Rosario.

— A polícia está procurando você — disse-me de repente uma enfermeira.

— Eu? — respondi, ainda pensando em Ferney.

— Não foi você quem trouxe a mulher baleada?

— Rosario? Sim, fui eu.

— Pois fique sabendo que querem falar com você.

Lá fora havia pelo menos uns 12 tiras. Por um momento pensei que tivessem armado uma verdadeira operação contra nós, como nos bons tempos em que cismei de acompanhar Emilio e Rosario em suas loucuras.

— Não se assuste — disse-me a enfermeira ao ver minha cara. — Nos fins de semana tem mais policial aqui do que médico.

Apontou-me os encarregados do nosso caso: dois oficiais sombrios, como as feições, como os uniformes. Com a displicência que aprenderam, desfiam o interrogatório como se fosse eu o criminoso, e não eles. Por que a matou, com que disparou, quem era a morta, que parentesco tinha comigo, onde estava a arma assassina, onde estavam meus cúmplices, se estava bêbado, o que havia sido apreendido, que os acompanhasse como suspeito.

— Não matei ninguém, muito menos disparei; não há nenhuma morta porque ainda está viva, chama-se Rosario e é minha amiga, não tenho arma e muito menos assassina, não tenho cúmplices porque quem atirou não estava comigo, já não estou bêbado porque o susto fez descer o álcool, e, em vez de me perguntarem esse monte de merda e procurarem no lugar errado, deviam estar se dedicando a pegar quem nos meteu nisso — disse.

Dei as costas a eles sem me preocupar com o que podiam fazer. Gritaram-me que não ficasse tão machinho assim, que mais tarde nos veríamos de novo, e voltei pro meu canto escuro, mas próximo dela.

— Rosario — não me cansava de repetir —, Rosario.

Tive de pelejar com a memória para lembrar quando e onde nos vimos pela primeira vez. A data exata não me lembro, devia fazer uns seis anos, mas o lugar, sim. Foi na Aquarius, numa sexta ou sábado, os dias em que nunca faltávamos. A boate foi um desses muitos lugares que aproximaram os de baixo que começavam a subir com os de cima que começavam a descer. Eles já tinham dinheiro para gastar nos lugares em que tínhamos crédito, já negociavam com os nossos, financeiramente estávamos empatados, usavam as mesmas roupas que a gente, andavam em carros melhores, tinham mais droga e nos convidavam a usar — esse era o trunfo deles —, eram ousados, temerários, faziam-se respeitar, eram o que não fomos e o que, no fundo, sempre quisemos ser. Víamos as armas enfiadas nas braguilhas, aumentando-lhes o volume, a nos mostrar de mil maneiras que eram mais homens que nós, mais fodões. Paqueravam nossas mulheres e nos exibiam as deles. Mulheres desinibidas, tão livres quanto eles, incondicionais na entrega, quentes, mestiças, de pernas duras de tanto subir as ladeiras do bairro, mais desta terra do que as nossas, mais complacentes e menos pentelhas. Entre elas estava Rosario.

— Como foi que se apaixonou por ela? — perguntei a Emilio.

— Assim que a vi, fiquei doido.

— Eu sei que gostou dela desde a primeira vez, mas me refiro a outra coisa, a se apaixonar, sabe? Entende?

Emilio ficou pensativo, não sei se tentando entender o que eu dizia ou procurando esse momento em que o sujeito já não pode mais voltar atrás.

— Lembrei — disse. — Uma noite, depois da farra, Rosario me disse que estava com fome e fomos comer um cachorro-quente por aí, numa dessas carrocinhas de rua, e adivinha o que ela pediu? Cachorro-quente sem salsicha.

— E daí? — Não me ocorreu mais nada a perguntar.

— Como e daí? Qualquer um ficaria apaixonado.

Não sei se um cachorro-quente sem salsicha é suficiente para deixar uma pessoa perdidamente apaixonada, mas do que tenho certeza é que Rosario dá mil razões para alguém se apaixonar por ela. A minha não soube especificar, não houve uma em particular, mas acho que foram todas as mil juntas.

— Você está a fim da Rosario? — Emilio me perguntou.

— Eu? Tá maluco — menti.

— Fica tão contente perto dela.

— Isso não quer dizer nada — tornei a mentir. — É muito gente boa, somos grandes amigos. Só isso.

— E de que ficam falando o dia todo? — perguntou Emilio com um tom de que não gostei nem um pouco.

— De nada.

— De nada? — voltou a perguntar, aumentando o tom.

— Ih, cara, de tudo, tá? Falamos de tudo um pouco.

— Acho muito esquisito.

— O que é que tem de esquisito?

— Comigo ela não fala nada.

Rosario e eu podíamos passar uma noite inteira conversando, e não minto quando digo que falávamos de tudo um pouco; de mim, dela, de Emilio. As palavras não se cansavam de sair, não tínhamos sono nem fome quando começávamos a conversar, as horas passavam sem que percebêssemos, sem atrapalhar nossa conversa. Rosario falava olhando nos olhos, me enlaçava neles por mais bobo que fosse o assunto, conduzia-me através de seu olhar escuro até o mais profundo de seu coração; com a mão me mostrava os atalhos escabrosos de sua vida, cada olhar e cada palavra eram uma viagem que só fazia comigo.

— Se eu te contasse — dizia antes de me contar tudo.

Falava com os olhos, com a boca, com o rosto inteiro, e o fazia com a alma quando estava comigo. Apertava meu braço para enfatizar alguma coisa, ou punha a mão magra sobre a coxa quando o que contava ficava mais sério. Suas histórias não eram fáceis. Perto delas, as minhas pareciam contos de fada, e se nas minhas a Chapeuzinho voltava feliz com a vovozinha, nas dela a menina comia o lobo, o caçador, a avó, e Branca de Neve massacrava os sete anões.

Entre mim e Rosario quase nada ficou sem ser dito. Foram muitos anos de horas e horas entregues a nossas histórias, ela seguindo minha voz com o olhar, e eu me perdendo em suas palavras e em seus olhos negros. Falávamos de tudo um pouco, menos de amor.

— É sua namorada? — perguntou a enfermeira ociosa.

— Quem? Rosario?

— A jovem que trouxe ferida.

Nunca soube exatamente que tipo de relação mantive com Rosario. Todo mundo sabia que éramos amigos, talvez mais do que o normal, como muitos diziam, mas nunca ultrapassamos o que as pessoas viam. Bom, nunca exceto uma noite, essa noite, minha única noite com Rosario Tijeras. Além disso, éramos apenas dois bons amigos que abriram suas vidas para mostrar um ao outro como eram, dois amigos que, e apenas hoje me dou conta disso, não podiam viver um sem o outro, e de tanto estar juntos tornaram-se imprescindíveis, e de tanto se amar como amigos, um quis além da conta, mais do que uma amizade permite, porque para que uma amizade dure tudo é permitido, menos que alguém a traia metendo amor no meio.

— Parceiro. — Rosario me chamava assim. — Meu parceiro.

Dos anos que passei com ela, só me restaram duas dúvidas: a pergunta que nunca me respondeu, e o que teria acontecido com a gente se Emilio não tivesse entrado no meio. Hoje acho que talvez não tivesse sido diferente, mas digo isso por essa mania absurda das mulheres de ficarem não com o homem que elas amam, mas com o que lhes dá na telha.

— Você gosta de Rosario — insistia Emilio.

— Não diga bobagem — eu insistia.

— É muito estranho.

— O que é estranho?

— Que ela não me olhe como olha você.

3

Um vizinho lá de cima, dos confins do bairro, foi a primeira vítima de Rosario. Por causa dele recebeu o apelido e com ele aprendeu que podia se defender sozinha, sem a ajuda do irmão ou de Ferney. Com ele aprendeu que a vida tinha um lado escuro, que a havia tocado.

— Eu tinha descido para comprar uns trapinhos com os trocados que Johnefe me deu. Glória foi comigo bater perna, e, na volta, como ela morava mais para baixo, ficou por lá e continuei sozinha. Sempre se ouviu muita história, mas nunca tive medo de andar por essas ruas, nunca pensei que fossem se meter comigo sendo irmã de Johnefe. Quando eu estava quase chegando, apareceram dois caras lá de cima, da corja do Mário Mau, um cara de quem todos fugiam, menos Johnefe, por isso achei que nem eles fossem se meter comigo, mas naquela noite se meteram. Estava muito escuro e só reconheci um, o que chamam de Corno, o outro não enxerguei muito bem. Os dois me arrastaram para um buraco enquanto eu gritava e esperneava, mas você sabe que ali, naquela área, quanto mais alguém grita, mais as pessoas se assustam e se fecham em suas casas. Deixaram meu vestido uma merda e depois fizeram merda comigo. Um me segurava e tapava minha boca enquanto o Corno fazia o que queria. Quando resolveu trocar com o outro, pude gritar porque ele me soltou para se ajeitar, e algumas pessoas me ouviram e resolveram ver o que estava havendo, mas os veados saíram correndo pelo barranco. Você pode imaginar como eu estava quando encontrei meu irmão; um trapo e chorando feito uma louca, porém mais louco ficou ele quando me viu. Perguntou o que tinha acontecido, quem tinha feito aquilo comigo para matar o filho-da-puta, mas eu não lhe dizia nada, eu sabia que era gente do Mário Mau, e se falasse ia começar uma guerra do cacete e eles eram capazes de matar Johnefe, mas ele insistia, dizia que se eu não contasse me mataria, e respondi então que me matasse porque não tinha visto a cara deles, que no mínimo era gente do outro lado.

Rosario interrompeu a história e ficou olhando para um ponto fixo da mesa; virei para o outro lado porque não sabia para onde olhar, depois vi que encolheu os ombros e sorriu.

— E aí? — atrevi-me a perguntar.

— Aí, nada. Fiquei me sentindo uma merda durante muito tempo; além disso, Johnefe não falava comigo, estava furioso porque não contei pra ele quem tinha sido, mas eu não queria que acontecesse nada com ele, já era suficiente o que tinha acontecido comigo. Mas o que Johnefe nunca soube foi que mais tarde pude revidar. Imagine você que, uns seis meses depois, quando fui visitar dona Rubi, dei de cara com o Corno na rua. Quase morri de susto, mas ele não me reconheceu. Acho que ele não enxergou muito bem minha cara naquela noite, sei que esse pessoal fica muito perturbado quando se mete com os outros porque pensa que vai ser dedurado ou que vai ter acerto de contas, mas esse tal, sabe o que ele fez? Começou a me paquerar e a dizer baixarias. É mole?

— E aí?

— E aí? Toda vez que eu ia visitar dona Rubi o encontrava. Aí acabei perdendo o medo dele, até que resolvi que o desgraçado ia me pagar, então dei corda para seu joguinho de risinhos e paquera, até que ele ficasse bem contente, e, mais tarde, um mês depois mais ou menos, um dia em que dona Rubi não estava, falei para ele entrar, disse que minha mãe não estava, e imagina só como ele ficou de olhos arregalados, e, é claro, eu já sabia o que ia fazer, então levei ele ao quarto que era meu, coloquei uma musiquinha, deixei que me beijasse, deixei que me tocasse onde antes havia me machucado, mandei que tirasse a roupa e deitasse bem bonzinho ao meu lado, e comecei a massageá-lo lá embaixo, e ele fechava os olhos gritando que era inacreditável, que delícia, e numa dessas saquei a tesoura de dona Rubi que havia guardado debaixo do travesseiro e vapt!, tesourei os ovos dele.

— Não! — exclamei.

— Sim, imagina só. O cara começou a gritar feito um louco, e eu gritava mais alto que se lembrasse daquela noite no barranco, que me olhasse bem para que nunca mais esquecesse minha cara, e comecei a chutá-lo em todas as partes, e o sujeito esvaindo-se em sangue saiu correndo, sem ovos nem roupa, e o povo na rua só olhava.

— E aí?

— Aí? Nunca mais vi o desgraçado, nem soube dele. Fora isso, dona Rubi ficou histérica com a sangueira que deixei na casa dela e disse que não queria me ver por lá de novo.

— E nessa época, Rosario, quantos anos você tinha? — perguntei.

— Eu tinha acabado de fazer 13 anos, disso nunca vou me esquecer.

Cada vez que Rosario contava uma história, era como se a vivesse de novo. Com a mesma intensidade abria seus grandes olhos para se assombrar como antes ou gesticulava com a ansiedade de um fato recém-ocorrido, e voltava a trazer o ódio, o amor ou o sentimento de então, acompanhado de um sorriso ou, como na maioria das vezes, de uma lágrima. Rosario podia contar mil histórias e todas pareciam diferentes, mas ao fazer um balanço, a

história era uma só, a de Rosario tentando infrutifera-
mente ganhar a vida.

— Ganhar o quê? — perguntou-me oportuna-
mente Emilio, que não entendia muito dessas coisas.

Ganhá-la simplesmente, domá-la, tê-la a seus
pés como a um adversário humilhado, ou pelo menos
se enganar, acreditar, como todos nós, que a questão se
resolve com uma profissão, uma esposa, uma casa segura
e filhos. A luta de Rosario não é tão simples, tem raízes
profundas, de muito tempo atrás, de gerações anteriores; a vida lhe pesa tanto quanto pesa este país, seus
genes carregam uma raça de fidalgos e filhos-da-puta
que lhe abriram caminho na vida a machadadas, e continuam fazendo assim; com o machado comeram, tra-
balharam, se barbearam, mataram e acertaram as contas
com suas mulheres. Hoje o machado é um trabuco, uma
9 milímetros, um puta revólver. Mudou a arma, não o
uso. A história também mudou, tornou-se pavorosa, e
do orgulho passamos à vergonha, sem entender o quê,
como e quando tudo aconteceu. Não sabemos o quão
longa é nossa história mas sentimos seu peso. E Rosario
suportou-o sempre, por isso, no dia em que nasceu não
chegou trazendo o pão, mas sim a desgraça debaixo do
braço.

— E aí, soube de alguma coisa? — perguntou
Emilio assim que atendeu o telefone.

— Nada, continuam com ela lá dentro.

— Mas e aí? O que é que eles dizem?

— Não dizem nada, ninguém sabe de nada.

— Então me ligou pra quê? — rebateu ele con-
fuso. — Liga pra mim quando souber de alguma coisa.
Estou preocupado, mano.

— Que horas são? — perguntei.

— Não faço a mínima idéia. Devem ser quatro e
meia.

Johnefe pensou que tivessem engravidado Rosario com o estupro. Viu como ela foi engordando mas as contas não batiam. Obrigou-a a ir ao médico para tirar a dúvida, ainda que ela insistisse que não havia gravidez alguma.

— Tomara que esteja certa — dizia ele —, porque nesta casa não vamos criar filhinhos-da-puta.

O que Johnefe não notou é que Rosario podia esvaziar a geladeira num só dia. Ela inventava mil maneiras para que ninguém notasse. Tornava a colocar na geladeira as embalagens vazias cujo conteúdo já havia devorado, repunha o que comia com o que pegava fiado na lojinha da esquina, quando não o engolia no trajeto para casa. Mas foi justamente a conta do estabelecimento que acabou com as dúvidas de Johnefe e imediatamente entregou Rosario.

— Vamos lá, me explica — disse ele com a conta na mão. — Dois quilos e meio de toucinho, três de açúcar, dois litros de sorvete, uma torta, 23 barras de chocolate, como alguém consegue comer 23 barras de chocolate?, seis dúzias de ovos, quatro quilos de carne, dois litros de leite, e aqui só comemos nós dois e Deisy, e me vem esta conta este mês, faça-me o favor de explicar.

— O que quer que eu explique? — contestou desafiadoramente. — Comi tudo, e se você vai ter um ataque por causa dessa puta conta, eu pago.

— Dá pra notar de longe que foi você quem comeu tudo. E você pensa que eu ralo pra caralho nesta vida pra você ficar aqui sem fazer nada, engordando feito uma vaca, enquanto dou a cara pra bater pra conseguir a grana pra você viver aqui encostada, como se fosse uma rainha?

— Se isso te ofende tanto — continuou Rosario com o mesmo tom —, volto pra casa da minha mãe.

— Você está cansada de saber que dona Rubi não quer ver a sua cara. Não sei o que você andou fazendo por lá, mas como foi que deixou a casa naquele estado?, que foi que você fez, Rosario? Porque essa historinha de menstruação ninguém acredita, porque, se é verdade, então você tá morrendo. E não comece a chorar, não chora, e nem você, Deisy! Por que diabo será que as mulheres começam a chorar quando alguém tenta conversar com elas?

— Não estou chorando — disse Rosario chorando.

— Nem eu — disse Deisy, sufocada em lágrimas.

Rosario quase sempre chorava de raiva, poucas vezes de tristeza. A verdade é que não era muito dada ao choro, só recorria a ele nas situações extremas, e ver seu irmão, o amor da sua vida, injuriado com ela, era uma dessas situações.

— Por ele sempre voltava a emagrecer — disse lembrando-se dele. — Não gostava de me ver gorda, soltava aquela ladainha quando via que eu estava acima do peso. Além disso, quando me achava inchada, cismava de investigar com quem eu havia estado por aqueles dias. Não gostava que eu me metesse em rolos.

Diversas vezes a vi gorda, nas mesmas vezes em que se metia em grandes enrascadas, nas tantas em que sincronizou um beijo com um tiro.

— Não entendo essa sua mania de beijar os mortos — dizia-lhe irado Emilio.

— Que mortos? Eu beijo eles antes de morrerem.

— Dá no mesmo, mas o que beijos têm a ver com a morte?

Emilio aprendeu a falar da morte com a mesma naturalidade com que ela matava. Em seu afã de segui-la, foi se metendo aos poucos no estranho mundo de Rosario e, quando se deu conta, já estava até o pescoço de vícios, dívidas e problemas. Por estar com ela, também acabou entrando nesse mundo, e eu me tornei o acompanhante acidental de sua queda.

— Sinto pena deles — explicou-nos Rosario. — Acho que merecem pelo menos um beijo antes de partir.

— Se tem pena, por que os mata? — perguntei de intrometido.

— Porque dá vontade. Você sabe.

Eu não sabia de nada. Envolvi-me com eles porque os amava, não podia mais viver sem Emilio e Rosario, e porque nessa idade queria sentir mais a vida, e com eles tinha aventura garantida. Agora não entendo como tive coragem de acompanhá-los, foi mais ou menos como uma pessoa que fecha os olhos para pular numa piscina de água fria.

— O que você acha? — Emilio sempre me perguntava.

— O que eu acho de quê? — respondia sempre, sabendo onde iria parar aquela conversa.

— De Rosario, de tudo.

— Já não adianta achar nada — dizia-lhe. — Agora já era.

A primeira enrascada foi poucos meses depois que a conhecemos, na mesma discoteca. Emilio era o parceiro oficial de Rosario e não lhe importava mostrá-la em todo lugar, estava todo orgulhoso, ele a exibia como se fosse uma das princesas de Mônaco, ignorava o que diziam dela e de sua origem, eu sempre os acompanhava. Também não se importavam com as ameaças de Ferney e seu bando, a ele por tê-la roubado, e a ela, por ter-se dado. Naquela noite, um deles reclamou com Rosario no banheiro:

— Você é muito oferecida — disse-lhe o sujeito.

— Não enche, Pato, não se mete nisso — avisou. — Quer um teco?

Parece que, quando ela abriu o pacotinho, ele o soprou todo na cara dela e a deixou irada. Ela limpou os olhos que ardiam e viu que o homem ainda estava lá.

— Isso não se joga fora, Patinho — disse ela. — Lambe minha cara e depois me dá um beijinho na boca, de língua.

Patinho não entendeu a atitude de Rosario, mas, para reparar o prejuízo, obedeceu. À medida que lambia as bochechas, o nariz e as pálpebras, ia abrindo uma trilha úmida no pó branco. Depois, como ela havia ordenado, chegou à boca, e com a língua passou-lhe o sabor amargo; enquanto isso ela tirara o ferro da bolsa, o encostara na barriga do sujeito, e, quando ele acabou de chupar toda a sua língua, disparou.

— Me respeite, Patinho. — Foi a última coisa que o cara ouviu. Guardou a pistola e chegou tranqüila à mesa. — Vamos — disse. — Já estou de saco cheio.

Dos banheiros ouviu-se um alvoroço porque encontraram um morto. Os caras do bando de Ferney ficaram muito alterados, gritaram e sacaram as armas, e um deles apontou para Rosario. Emilio e eu nos entreolhamos, Rosario disfarçou passando batom.

— Vamos embora, Emilio — disse eu. — Eu também já estou de saco cheio.

No meio da correria, senti que passavam balas por todos os lados. Rosario sacou a arma e começou a disparar para trás. As pessoas saíram desabaladas numa confusão de gritos e histeria. Não sei como chegamos ao carro, como conseguimos sair do estacionamento, não sei como ainda estamos vivos.

Quando chegamos em casa, Rosario nos contou tudo.

— Você o quê? — perguntou Emilio incrédulo.

Sim, ela o matou debaixo de nossos narizes, e o admitia sem nenhuma vergonha. Disse-nos que não era o primeiro e certamente não seria o último.

— Quem me sacaneia paga assim.

Não podíamos acreditar, choramos de susto e medo. Emilio se desesperou como se fosse ele o assassino, chutava os móveis, chorava e esmurrava as portas. Mais que afetado pelo crime, o que o deixava fora de si era perceber que Rosario não era um sonho, mas uma realidade. Claro que ele não foi o único que se decepcionou.

— Estou de saco cheio! — disse ela. — Vocês são dois veadinhos!

Naquela noite pensei que tivéssemos chegado ao limite com Rosario. Estava enganado. Não sei como conseguiu que não lhe cobrassem o morto, e nunca soubemos em que momento descartamos o sonho e nos tornamos parte do pesadelo.

4

Da janela do hospital, Medellín parece um presépio. Pequeninas luzes incrustadas na montanha cintilam como estrelas. Não há nenhum espaço escuro na cordilheira, forrada de luzes de baixo até o cume, a "xicrinha de prata" brilha como nunca. Os edifícios iluminados lhe dão uma aparência cosmopolita, um ar de grandeza que nos faz pensar que vencemos o subdesenvolvimento. O metrô cruza a cidade pelo meio, e a primeira vez que o vimos deslizar pensamos que finalmente havíamos saído da pobreza.

— Como é bonita daqui — dizíamos nós, que contemplávamos a cidade de cima.

A cinco minutos de carro e de qualquer lugar podia-se encontrar uma magnífica vista da cidade. E ver seu esplendor iluminando o rosto de Rosario — perplexa diante do presépio — fazia-nos sentir agradecidos aos invasores das montanhas. Rosario me aproximou da outra cidade, a das luzinhas. Demorou a apresentá-la para mim, mas, com o tempo, levantou o dedo para me mostrar de onde vinha. Foi um aprendizado passo a passo, onde a confiança, o carinho e as biritas ajudaram-na a contar seus segredos. O pouco que não me contou deduzi de suas histórias.

— Deixar a favela para vir pra cá é como ir a Miami pela primeira vez — dizia Rosario. — O máximo que fazíamos era ir ao centro, que é outra merda; mas vir pra cá, onde vocês ficam, isso era muito raro; pra quê? Pra ficar com inveja?

— Você já esteve em Miami, Rosario? — perguntei, ignorando que o mais importante era o outro detalhe.

— Duas vezes — respondeu. — Na primeira vez fui como convidada, e na segunda, escondida.

— Quem te convidou?

— Você sabe, quem me dá tudo.

A parte da cidade que agradou a Rosario me impressionou tanto quanto a minha parte a impressionara, com a diferença de que não pude compará-la com Miami nenhuma, nem com nenhum outro lugar que conhecesse.

— Pois se não sabia, isto também é Medellín — disse-me no dia que resolvi acompanhá-la.

Acordaram-na muito cedo em seu novo apartamento de rica com a notícia de que haviam encontrado seu irmão morto. Mataram ele. Ligou primeiro para mim:

— Quem te contou? Arley?

— Ferney — corrigiu sem ânimo. — Mas ele não pode me ajudar agora, por isso preciso que me faça dois favores: primeiro que me acompanhe...

— Mas, Rosario — disse-lhe sem saber o que dizer.

— Vai me acompanhar? Sim ou não?

— Está bem. — Não fui capaz de dizer que não. — E o outro favor?

— Que não conte nada a Emilio. Promete?

Este era um favor que me pedia com freqüência e me punha contra a parede. Sentia que traía meu melhor amigo, a quem tinha mais razões para amar do que a Rosario. Mas como quem manipulava os sentimentos era ela, finalmente a satisfazia com meus silêncios, embora este segredo não tenha durado muito, ela não teve como ocultá-lo.

A mulher forte que falara comigo ao telefone sucumbira diante da realidade, e, quando a socorri, tive de ajudá-la a entrar no carro. Estava arrasada; tomada de dor e raiva, chorava e praguejava, ameaçava de morte até mesmo a Deus. Estava armada. Tive de parar o carro e dizer a ela que se não me entregasse a pistola não a levaria. Não me deu a mínima, desceu do carro e apontando a arma para um táxi o fez parar; saí do carro e a agarrei, pela primeira vez a via chorar, abaixou a arma e chorou no meu colo. Depois, no carro, voltou a se enfurecer, nem me entregou a pistola nem fui capaz de deixá-la só. De repente, como se tivesse tomado alguma coisa, tranqüilizou-se.

— Mataram o amor da minha vida, parceiro — disse. — O único que me amou.

Fiquei com ciúme. Como nunca tinha sentido de Emilio, senti nesse dia do irmão morto. Pensei em contar tudo o que sentia por ela, tirá-la de sua ignorância afetiva e dizer-lhe que havia alguém que a amava mais do que ninguém.

— Amo você, Rosario... — comecei decidido. — Nós todos amamos você — acrescentei covardemente.

Dessa vez também não fui capaz. Além disso, e nisso me dei razão, aquele não era o dia mais apropriado para uma declaração de amor.

— Obrigada, parceiro. — Foi a única coisa que respondeu.

Quando chegamos à parte baixa de seu bairro, começou a me guiar. Estávamos num labirinto, numa terra estranha, só restava seguir as instruções e dar partida no carro. Depois, tudo foi estupefação diante da paisagem, desconcerto diante dos olhos que seguiam nossa chegada, olhares que não conhecia, que faziam com que me sentisse estranho, gestos que me obrigavam a me perguntar o que fazia eu, um estrangeiro, ali.

— Me deixe aqui — Rosario interrompeu minhas elucubrações. — Continuo a pé.

— Mas por quê? Levo você até sua casa.

— Até aqui o carro sobe. Agora é seguir a pé.

Desceu do carro tremendo, pálida, vencida por um medo que não pôde esconder. Agarrou com força a bolsinha e enfiou na cara uns óculos para o sol que começava a sair.

— Acompanho você, Rosario — insisti.

— É melhor que eu vá sozinha. Depois eu conto.

Virou-se de costas e começou a escalar uma ladeira sem pavimento. Fazia-o com suavidade, como se caminhasse em terreno plano. Vi suas pernas trêmulas, a bunda empinada, a figura erguida apesar de estar carregando a pior dor. Alguém acenou para ela de uma porta. Rosario havia voltado para os seus.

— Rosario! — gritei do carro mas ela chegou a ouvir. — Não vá fazer nada que me deixe triste, hein?

Toda a sua vida me doía, como se fosse minha. Vê-la sofrer me enchia de tristeza, buscava dentro de minhas possibilidades uma forma de fazê-la feliz.

— Senhora! Senhora, por favor! — A enfermeira tinha dormido no posto de plantão.

— Ah?!

— Perdão, mas quero saber de Rosario, a mulher que está na cirurgia.

— Quem? — perguntou enquanto fazia o possível para voltar à realidade.

— Rosario Ti... — consegui dizer, porque ao se sentir acordada me interrompeu.

— Se não se sabe nada é porque ainda não se sabe nada.

Tentei perguntar as horas.

— Que horas devem ser?

Não me respondeu, fechou os olhos procurando de novo o calor da cadeira. Olhei o relógio na parede.

— Quatro e meia — disse baixinho para não despertá-la.

Como o tempo passa! Podia jurar que fazia apenas um mês da última vez que vi Rosario, quando Emilio e eu decidimos que se não parássemos acabaríamos pior do que ela. Rosario estava decidida a arrastar qualquer um. Tinha metido na cabeça conseguir dinheiro por conta própria, ficar mais rica do que aqueles que a sustentavam, e o que nos assustou foi que ela só sabia uma maneira de consegui-lo, a maneira como eles haviam conseguido.

— É muito fácil, muito fácil — dizia-nos. — Basta ter as pessoas e eu já tenho.

Não era somente uma questão de pessoas, também era preciso ter a vontade e a coragem de Rosario, e nós não tínhamos nenhuma, depois de todas as histórias em que nos meteu, tampouco necessitávamos de mais dinheiro, e a coragem de Rosario há muito tínhamos perdido. Em vez de acompanhá-la em sua nova aventura, começamos a preparar nossa despedida.

Na semana da morte do irmão, Rosario me ligou às três da manhã. Eu a havia procurado sem parar naqueles dias, por isso não me incomodou que tivesse me acordado.

— Onde você está? — perguntei assim que reconheci sua voz.

— Hoje enterramos Johnefe — disse-me.

— Como assim? Morreu faz oito dias.

— Estávamos passeando com ele.

— Estavam o quê? — perguntei perplexo.

— Depois eu conto, agora não posso falar muito — disse, baixando a voz. — Olha, parceiro, vou ficar fora uns dias. Te ligo na volta.

— Como assim, Rosario? Aonde você vai?

— Não se preocupe comigo, eu ligo depois, mas diz ao Emilio que eu tive que acompanhar minha mãe a... Bogotá, onde tenho uma irmã.

— Rosario! Espere, me diz o que está acontecendo.

— Tchau, parceiro. Depois eu conto tudo — disse e desligou.

Emilio, é claro, entendeu menos do que eu. Ficava mal quando ela sumia, o mistério em torno dela o tirava do sério. Sempre que acontecia alguma coisa assim, e foram muitas as vezes, jurava que ia terminar tudo, mas ela sabia como neutralizá-lo: deixava que ele soltasse toda a ladainha e depois na cama se encarregava de deixá-lo louco.

— O que me emputece é que nunca me consulta! — disse Emilio furioso. — É como se eu não existisse!

— Mas ligou e me pediu para lhe contar tudo — disse eu, tentando desculpá-la.

— Isso é ainda mais esquisito!

— O quê?

— Que tenha ligado pra você e não pra mim!

Emilio tinha razão. Mas ele nunca teve paciência para sentar e conversar com Rosario a respeito disso. Talvez porque a tivesse, se acostumou ao imediato; eu, em contrapartida, tinha de imaginá-la, estudei cada passo para tê-la por perto, a observei com cuidado para não cometer nenhuma imprudência, aprendi que devia ganhá-la aos pouquinhos, e depois de tanto estudo silencioso consegui entendê-la, aproximar-me dela como ninguém antes, tê-la à minha maneira, mas também entendi que Rosario havia partido sua entrega em dois: para mim ficara sua alma; para Emilio, seu corpo. O que eu ainda não sabia é quem tinha se dado melhor.

Um mês depois do telefonema, Rosario apareceu. Estava gorda. Não era a mesma das ladeiras. Tinha algo em seu jeito que assustava, que me fazia pressentir que os maus ventos sopravam. Marcou comigo num shopping center próximo de sua casa, na praça de alimentação. Encontrei-a devorando batatas fritas e milk-shake, de óculos escuros e moletom. Fiquei impressionado, estava mais agitada do que nunca.

— O que está acontecendo, Rosario? — perguntei depois de cumprimentá-la.

— Quer batata?

— Quero que me conte o que está acontecendo com você.

— Compra outro milk-shake pra mim, parceiro. Não trouxe mais dinheiro.

Não era fácil fazê-la desembuchar, no mínimo era preciso lhe dar umas cinco doses de aguardente. Mas não me sentia com paciência suficiente para esperar que ela decidisse me contar.

— Emilio vai matar você — disse eu. — Agora sim está furioso, não quer nem ver você.

— Pois então que vá à merda! — explodiu. — Também não quero vê-lo!

— Não se trata disso, Rosario, é que estávamos preocupados, você some assim, de um dia para o outro, e depois aparece assim.

— Como "assim"? — perguntou desafiante.

— Vou ser muito sincero com você, Rosario, é que você está muito estranha.

— Estranha como? Hein? Diz, o que é que tem de errado comigo?

Sabe-se lá o que teria acontecido se eu tivesse respondido. Meu comentário foi suficiente para que com o braço ela varresse tudo o que havia em cima da mesa, depois parou furiosa e desafiou a todos que a olhavam.

— O que é que foi? Perderam alguma coisa aqui? Sumam da minha frente, cambada de filhos-da-puta!

Todos fizeram o que ela mandou. Fez-se um silêncio no qual era possível ouvir seus passos furiosos afastando-se. Em seguida me olharam com o canto do olho. Eu não soube o que fazer, mas depois soube menos ainda, porque quando ia levantar, vi que Rosario estava voltando. Deu um tapa na minha cara e, ainda que tenha tentado falar baixinho, acabou gritando comigo.

— Para que servem os amigos, hein, veadinho? Pra quê? — Através dos óculos pude ver que chorava. — Se não posso contar com vocês, então com quem devo contar? Não servem pra merda nenhuma. Não liguei pra você pra me torrar a paciência, nem pra me dizer que estou gorda.

— Eu não disse que você está gorda — esclareci.

— Mas estava morrendo de vontade de dizer! E vou engordar mais, porque pouco me importam vocês, nem você nem Emilio, ouviu? Não me importo com ninguém, o único que me importava mataram, e vocês nem ligaram.

A raiva e o pranto não a deixaram continuar. Ficou tremendo afogada em suas próprias palavras. Senti vontade de abraçá-la, de beijá-la, de dizer-lhe que tudo dela me importava, mais que as minhas coisas, mais que a minha vida, queria chorar com ela, por sua raiva, por sua tristeza e por meu silêncio.

— Eu me importo com você, sim, Rosario — foi a única coisa que lhe disse. E ainda que tenha pensado nisso primeiro, foi ela que me abraçou.

5

— Case comigo, Rosario — propôs-lhe Emilio.

— Que merda foi que você disse aí? — respondeu ela.

— Por quê? O que tem de errado nisso? Se a gente se ama.

— E o que o amor tem a ver com o casamento?

Fiquei aliviado quando soube que ela recusou. Emilio já havia falado de suas intenções, mas eu não disse nada, primeiro porque conhecia Rosario, e segundo porque a proposta era mais um ato de rebeldia de Emilio do que um ato de amor. A família dele o pressionava muito para deixá-la, cortaram-lhe dinheiro e privilégios e passaram a tratá-lo com desconfiança.

— Imagine só, minha mãe deu pra fechar tudo a chave — contou-me. — Que esquisito! Só falta agora botar cadeado no telefone ou me cobrar as ligações.

Mas o que me chamou a atenção na proposta de Emilio foi a resposta de Rosario. Ela percebeu a discrepância na associação que as pessoas fazem entre o amor e o casamento. Confirmei que por trás de sua beleza e violência havia um ponto de vista, além de tudo, sensato. Cada coisa que descobria nela me obrigava a continuar amando-a, e quanto mais a amava mais longe dela ficava.

— E aí? — perguntei a Emilio. — Vai casar ou não?

— Vou nada! — respondeu. — Essa mulher sai com cada uma. Além disso, com que dinheiro? Na minha casa nem me cumprimentam mais.

— E por quê?

— Minha mãe, que anda aprontando das suas.

A família de Emilio pertence à monarquia criou-la, cheia de defeitos e tradicionalismos. São desse tipo que não ficam na fila em lugar nenhum porque acham que não precisam, nem pagam a ninguém porque acham que seu sobrenome lhes dá crédito, falam em inglês porque acham que assim têm mais classe, e amam mais os Estados Unidos do que o próprio país. Emilio sempre tentou se rebelar contra o sistema. Deu um jeito de ser expulso do colégio bilíngüe e entrou naquele onde iam parar todos os vagabundos. Quis entrar na universidade pública, mas ali não foi a família que o freou, mas sim suas notas. E depois, para arrematar, apresentou-lhes Rosario.

— Vê-se que não tem classe — disse a mãe dele no dia em que a conheceu. — Não sabe nem comer.

— Sabe me comer muito bem — disse ele. — Isso é o que importa.

Ainda que me irritasse qualquer tipo de rejeição a Rosario, fiquei contente ao saber o que sentia a família de Emilio. Apesar da desobediência, ele nunca se atreveu a desafiá-los com um vínculo diferente daquele que mantinha com ela. E como quase sempre acontece, venceu o sistema. Depois de Rosario, Emilio voltou a nadar com destreza em suas águas. Agora ganha bem, trabalha com o pai, mede as palavras e tem uma namorada que todo mundo adora, menos ele. Eu também mudei. No entanto, me atreveria a dizer que não foram as pressões dos nossos que forçaram nossa mudança, mas, sim, que finalmente explodira a bomba que Emilio, Rosario e eu fabricamos.

Nunca imaginei que minha capacidade de sentir ciúmes fosse tão grande: as rejeições a ela causavam-me dor, era o que a fazia sumir na solidão na qual eu era sua única ilha. Hoje penso que o que sempre nos uniu foi a adversidade. É o que sinto neste hospital, com ela lá dentro em busca de um milagre, e eu me sentindo um privilegiado como seu único acompanhante.

— Tem bala pra todo lado — disse-me um plantonista, quando lhe pedi que me trouxesse o diagnóstico.

— E aí?

— É preciso esperar — disse. — Estão fazendo o possível.

Vi a angústia de minha premonição refletida nos olhos de um velho que estava sentado no sofá da frente. A essa altura só restávamos ele e eu, e ainda que o homem dormisse o tempo todo, dei de cara com seus olhos abertos depois da informação do médico.

— Tenha fé, que tudo é possível — disse-me o velho.

Senti que ele também esperava a ressurreição de Rosario, que ele a amava tanto quanto eu, que podia ser um parente, talvez o pai desconhecido. Não tive forças para iniciar uma conversa, mas depois soube que um filho dele, mais ou menos da idade de Rosario, também tinha chegado cheio de balas, e a ele, assim como a mim, restava ter fé e esperar.

— Que horas devem ser? — perguntei.

Olhou por cima de mim, para o relógio na parede.

— Quatro e meia — respondeu.

Rosario sentiu a rejeição da mãe de Emilio desde o primeiro instante. A mulher não tinha feito nenhum esforço para disfarçar, e os nervos de Rosario destruíram suas boas intenções. Foi quando Emilio cismou de convidá-la para o casamento de uma prima, para que a família toda pudesse conhecê-la.

— Quando me viu, a mulher torceu o nariz como se eu estivesse fedendo — contou-me Rosario.

Cumprimentou-a com um "Como vai, senhorita?", e não tornou a pronunciar uma só palavra até Rosario ir embora. Emilio me contou depois que o que ela não disse durante a festa despejou posteriormente em cima dele sem parar nem para respirar. Que não lhe faltaram palavras para esculhambar Rosario.

— Velha filha-da-puta! — repetia incansavelmente Rosario. — E isso porque não abriu a boca! Senão eu teria arrancado a língua dela com a faca da carne.

Os olhos dela ficavam encharcados toda vez que lembrava daquela noite. Apertava os dentes quando alguém mencionava a tal mulher. Sumiu e não tornou a falar com Emilio depois dessa noite. Quando entrou no carro estava chorando de raiva e não deixou que a levasse para casa. Na metade do caminho desceu e tomou o primeiro táxi que viu. Assim que chegou, ligou para mim.

— Você devia ter visto, parceiro. — Quase não conseguia falar. — Eu que ainda tinha comprado uma beca sinistra onde a velha costuma comprar, e pagado os olhos da cara. Fui a um salão, mandei fazer um penteado onde a velha se arruma, e me deixaram superbonita, se tivesse me visto, parceiro, parecia uma rainha. Tinha decidido falar o mínimo possível para não estragar tudo, ensaiei no espelho um sorrisinho educado e até cobri meu busto com uma correntinha da mais chique que tem, quer dizer, você não teria me reconhecido, mas, mal cheguei, a filha-da-puta da velha fica me olhando como se eu fosse um punhado de merda, e lá fiquei eu, paralisada, que penteado, que sorrisinho, que jóias que nada: comecei a gaguejar feito uma idiota, derramei o vinho e deixei cair a comida na toalha da mesa, me engasguei com um arroz e não consegui parar de tossir até ir embora, e todos perguntando coisas, não para ser agradáveis mas pra me foder, o que você faz, e seus pais, onde você estuda, e essa merda toda, como se não tivessem outro assunto além de mim.

— E Emilio?

— Emilio se limitou a responder por mim, porque eu não estava preparada para nada disso, e engasgada daquele jeito não pude nem abrir a boca novamente. Mas você não imagina o pior, mal terminamos de comer e a primeira que se levantou foi a velha, não disse nada e foi embora da festa, e depois todos foram pedindo licença, dizendo que tinham de ir e em três minutos não havia mais ninguém, somente eu e Emilio sentados à mesa.

Cada palavra sua carregava a dor que sentia. Fazia uma pausa de vez em quando para xingar a velha, para falar mal dos ricos e dos pobres, dizer cobras e lagartos, e depois continuava o relatório. Disse-me que ia deixar Emilio, que não tinha nada que fazer lá, que eles eram muito diferentes, de dois mundos diferentes, que não sabia em que momento — e eu pensei que fosse morrer quando me incluiu — tinha inventado de se meter com a gente.

Mas se por mim Medellín chovia, por ela não clareava. Parece que o alvoroço que dona Rubi fez foi pior do que o da mãe de Emilio. No começo não soubemos por quê, já que a senhora não tinha nada a perder, mas depois entendemos que pressentiu aquilo pelo que Rosario ia passar.

— Pode me dizer o que você está fazendo aí? — perguntou-lhe dona Rubi.

— É melhor perguntar a ele por que está se metendo comigo — respondeu Rosario.

— Certamente a única coisa que ele quer é te comer — replicou a mulher.

— Pois então que coma — retrucou a filha.

Dona Rubi a preveniu de tudo o que podia passar com "essa gente", previu que, depois que fizessem o que estavam pensando em fazer com ela, a devolveriam à rua como um cachorro, mais pobre e mais desprestigiada do que uma qualquer. Rosario parou de se defender e escutou calada o resto da ladainha da mãe. Depois, ao vê-la também em silêncio, perguntou:

— Acabou?

Dona Rubi acendeu um cigarro sem tirar os olhos dela. Rosario levantou, procurou a bolsa e dirigiu-se à porta da rua.

— Isso não é gente pra andar com você, filha — conseguiu dizer a mãe antes que ela batesse a porta.

Rosario dizia que o que a mãe tinha era inveja dela, que a vida toda tinha procurado um homem com dinheiro e paquerado seus patrões, que ela não tinha moral para julgá-la, e agora, que não vivia com ela, menos ainda, andava com uma aparência muito suspeita, com o cabelo tingido de amarelo e com vestidos do manequim de Rosario.

— Dona Rubi ainda pensa que tem 15 anos — zombava Rosario. — Vai saber no que anda metida!...

No fim das contas, as duas senhoras acertaram em seus veredictos, apesar do grande esforço de Emilio e Rosario para manter o relacionamento. Mas insisto, não foi nem a ladainha nem a pressão, fomos nós, sim, nós três, porque a relação se mantinha, como sempre acontece, sobre três pilares: o da alma, o do corpo e o da razão. Chegamos a dar um pouco de cada coisa. Cedemos com o tempo, não mais podíamos com o peso do que havíamos construído. No entanto, não puderam escapar dos detestáveis "Eu te disse!".

— Eu te avisei, Emilio.

— Eu te disse, Rosario.

Por sua vez, a mim, a vida deu o sermão, e não no fim como a eles, mas cada vez que olhava para Rosario nos olhos. Sempre houve um "eu te disse" depois de vê-la sair com Emilio, depois de ouvi-la dizer que o amava. Sempre houve um "eu te avisei" cada vez que os escutava brincar entre quatro paredes, quando imaginava como acabavam as bricandeiras, porque era o que me dizia o repentino silêncio de suas risadas, o ranger da cama e um ou outro gemido involuntário.

— O que você estava fazendo? — perguntou-me Rosario.

Saía com uma camiseta comprida, sem nada por baixo, com o sorriso que fica desenhado depois do sexo quando é bom.

— Lendo — mentia.

Ela saía do quarto para fumar porque Emilio detestava que fumassem no quarto. Eu não entendia como podia proibir Rosario de fazer alguma coisa depois de fazer amor com ela.

— Lendo? — voltou a perguntar. — E o que estava lendo?

Eu deixava que ela fumasse no meu quarto. Nunca me pediu permissão mas eu deixava. Pela porta entreaberta, eu via Emilio, completamente nu, jogado na cama, saboreando os últimos momentos do sexo. Ela se sentava na minha cama, vestindo só aquela camisetinha, recostava-se na parede, botava os pés pra cima, e soltava bem devagar as baforadas do fumo, ainda com gotinhas de suor sobre os lábios. Fazia-me uma pergunta boba qualquer, e eu às vezes sequer respondia, porque sabia que não me ouviria. Nem sempre falava. Na maioria das vezes fumava o cigarro em silêncio e depois ia para o chuveiro. E eu sempre, ao vê-la sair, procurava o lugar do lençol onde havia sentado para encontrar o grande presente que sempre me deixava: uma manchinha úmida que eu depois levava ao nariz, à boca, para saber o sabor que Rosario tinha por dentro.

6

— Já parou pra pensar que morte rima com sorte? — observou Rosario.

Nesses dias eu andava às voltas com poesia e, como ela era curiosa, coloquei-a a par de minhas leituras. Ela ligava tudo à morte, até a interpretação de meus versos.

— Deve ser bom ler essas coisas quando o cara está bem chapado — disse e nos pareceu uma proposta.

Houve uma época em que ficávamos os três o domingo inteirinho trancados, fumando maconha e lendo poesia. Topávamos com frases que nos faziam acreditar que entendíamos o mundo, outras que nos faziam bater cabeça e nos deixavam mudos, outras que nos faziam escangalhar de rir, e outras que nos davam uma fome terrível. Esses foram tempos tranqüilos, de música e leitura, e uma ou outra droga para sair da rotina. Mas também houve outros tempos, outros domingos e outras reclusões das quais ainda não entendo como saímos inteiros. Aí não éramos mais só nós três, mas um pessoalzinho muito esquisito.

— São amigos de Rosario — explicou-me Emilio.

Não era preciso um espelho para ver que eram diferentes da gente, ainda que com o tempo terminássemos parecidos com eles. Usavam o cabelo raspado mas acima da nuca saíam-lhes uns fios assimétricos e compridos, vestiam umas camisetas uns três números maiores que iam parar um pouco acima dos joelhos, os jeans eram colados ao corpo, calças *capri* e, por baixo disso tudo, um deles usava uns tênis de solado duplo, com luzes fluorescentes e listras de néon. Sempre os via de longe, e nunca reparei neles, mas agora, metidos no apartamento de Rosario, comecei a observá-los minuciosamente, e, com muita cautela, a imitá-los. Primeiro foi o cabelo, que deixamos bem curtinho e com uns rabinhos mais discretos, depois enrolamos umas pulserinhas vagabundas nos pulsos e passamos a usar jeans surrados, nas noitadas trocávamos nossas camisetas, e foi assim que em meu armário foram parar roupas de Berro Morno, Carlinhos, Peruzinho, Mani e outros. Johnefe, num arroubo de afeto, presenteou-me com um de seus escapulários, que usava pendurado no pescoço, e, segundo Rosario, foi por isso que o mataram, que por ali entrara a bala.

— Rosario fala muito de você, maluco — disse-me Johnefe essa noite. — Disse que você é maneiro, maluco. — E abriu a camisa e apertou a medalha. — Para mim, quem ama Rosario é muito foda, maluco. — Tirou o escapulário com muito cuidado, como se fosse uma corrente de ouro. — Toma, cara, ponha isso, e vê se cuida dela, não vá deixar acontecer nada com a minha Rosario, você tem cara de responsável, maluco, toma que esse daí é do Menino Jesus, e ele vai tomar conta de vocês. — Segurou meu rosto com as duas mãos, apertou minhas bochechas e me deu um beijo na boca. — E aí? Mais um tapinha?

Depois que o mataram, dei o escapulário a Rosario. Pensei que fosse colocar a culpa em mim, mas não disse nada, beijou-o, pendurou-o no pescoço e se benzeu. Isso foi quando sumiu depois do enterro, quando voltou gorda, mas logo encaixando as peças entendi que os quilos a mais e a bondade comigo provinham de ter saldado seu rancor.

— Se tivesse me entregado antes, teríamos enterrado com ele — foi sua única objeção.

O único que não ia, às festas era Ferney, quando Emilio estava. E Emilio não ia, se estivesse Ferney. Quem chegasse primeiro ficava, aí o outro ficava mandando recados malcriados.

— Diz a esse filho-da-puta que ele já tá fedendo a formol — Ferney mandava dizer.

— Diz a esse filho-da-puta que ele adoraria ter o meu cheirinho bom — mandava dizer Emilio.

No começo saíam umas quizumbas entre os defensores de Ferney e os simpatizantes de Rosario, porque Emilio não tinha ninguém que intercedesse por ele, exceto eu, que não ia me meter com eles. Enquanto esteve vivo, Johnefe era quem neutralizava a situação.

— Ninguém se mete nisso — dizia. — Que a menina decida.

E ela nunca se decidiu, quando havia festa — se é que se pode chamar assim — às vezes dava atenção a Emilio, noutras, talvez mais raras, a Ferney.

— Mas eu sou seu namorado — reclamava Emilio.

— Sim — respondia ela. — Mas Ferney é Ferney.

Mas houve muitas vezes em que nenhum dos dois pôde acompanhá-la. Não tinham permissão. Foram as centenas de vezes em que Rosario saiu com os durões, os que lhe deram tudo, os que tinham dinheiro e por isso podiam dar-se ao luxo de tê-la sem restrições. Ela ia sem nos avisar. Se passava dias sem dar sinal de vida era porque estava com eles. Também podíamos deduzir as andanças de Rosario pela cara de Emilio.

— Desta vez acabou — dizia Emilio cada vez que Rosario sumia. — Agora chega.

— Você sempre diz...

— Agora vai se ver comigo — interrompia. — Agora sim vou mandar tudo à merda.

Nunca pôde cumprir com a palavra. Rosario sempre voltava a procurá-lo, doce como mel, cheia de dinheiro e morrendo de saudade de seu menino bonito. Primeiro me ligava pra sondar.

— Ele me disse que agora chega — contava a Rosario.

— De novo? — perguntava ela.

— Não. Disse que dessa vez chega.

Rosario aparecia com um presente, vestida como se fosse a uma festa, mais linda do que nunca, disposta a ficar com ele o tempo que fosse necessário até contentá-lo.

"Para que mais presentes, Rosario", pensava quando a via. "O presente é você mesma."

Ela me dizia que voltar para Emilio era como tomar um copo d'água bem gelado em pleno calor.

— Você não imagina a nojeira que é o lugar onde eu estava — dizia.

Neles, estranhava o que mais gostava em Emilio: a barriguinha reta, a bunda dura, as cócegas de sua barba dominical, os dentes grandes e limpos, tudo o que eles, por mais dinheiro que tivessem, não podiam oferecer.

— Mas tem coisas que Emilio não pode me dar, parceiro.

E eu? Eu também tinha a barriga reta, a bunda dura, dentes grandes e o coração limpo para amar somente ela.

— Ninguém — dizia —, ninguém pode me dar o que eles me dão.

Era verdade. Não havia jeito de tirá-la deles. Acabávamos sempre conformados, Emilio, Ferney e eu. Contentávamo-nos em vê-la voltar, com o carinho que tivesse disponível e com a forma como quisesse reparti-lo.

— Quem são esses caras, Rosario? — perguntei uma vez.

— Você conhece. Saem todos os dias nos noticiários.

Assim que viram Rosario, tiveram o mesmo ímpeto de todos: a quiseram para eles. E como quem tem mais dinheiro é quem escolhe, ficaram com ela.

— Johnefe e Ferney conseguiram entrar para O Escritório. — contou-me. — É o que todo rapaz quer. Ali o cara deixa de ser um qualquer e pode se tornar um fodão. — Nessa ocasião tinha muita demanda, porque havia um constante descontrole, e estavam procurando os cabeças dos bandos para fazer a seleção.

— Traduza, por favor — pedi.

— A guerra, parceiro, a guerra.

Era hora de se defender. Estavam pagando uma grana preta para quem apagasse um tira. Contrataram Ferney e Johnefe. Ferney não tinha boa pontaria mas pilotava bem a moto, em compensação Johnefe era uma águia, onde botava o olho mandava bala. Depois que comprovaram eficiência, foram promovidos, começaram a se dar bem, trocaram de moto, de pistolas e construímos um segundo andar na casa. Assim dava vontade de trabalhar, todos queríamos ser contratados. A mim também recrutaram depois.

— Não me diga que você também... — Eu não sabia o que dizer. — Você sabe... os policiais...

— Não, parceiro! Eu não servia para isso, não sei atirar de longe, não vê que foi Ferney quem me ensinou? Ferney erra até à queima-roupa. Tem de ter pontaria para ser respeitado, senão é melhor se dedicar a outra coisa.

— E então? — perguntei. — Como é que todo mundo respeita Ferley?

— Ferney — corrigiu. — Porque ele é foda com motos; inclusive, uma vez nos salvou de uma que, se não fosse por ele, uma hora dessas estaríamos comendo capim pela raiz. Claro que tudo aconteceu por causa da má pontaria, porque estávamos em plena porradaria com o bando do Papeleto, embora estivéssemos meio mal de ferro, já havíamos dominado os caras, quando um deles que estava morto ressuscitou e começou a disparar e Johnefe já não tinha mais balas, só Ferney, então Johnefe gritou: "Acaba com ele!", e Ferney ficou respondendo em vez de mandar bala, apareceu outro que estava por trás de um matagal e não tínhamos visto, só vimos ele rodar uma Mini-Uzi na mão, imagina!, só nessa já teria varrido todos nós.

— E o outro? O que havia ressuscitado? — perguntei intrigado.

— O outro? Esse tornou a morrer.

Toda aquela história me interessava porque foi assim que ela conheceu os da cúpula, acompanhando o irmão e o então namorado nos trabalhos que O Escritório lhes encomendava.

— Então? Como foi que você chegou lá em cima? — tornei a perguntar.

— Isso é uma longa história, parceiro — disse. — Vamos ter de tomar outra.

Quando resolvia falar, Rosario parecia um conta-gotas. Botava na língua do sedento as gotas necessárias para fazê-lo imaginar o jorro. Suas palavras estudadas eram uma droga deliciosa que incitava a saber mais. O curioso foi que no início cheguei a duvidar de que Rosario falasse, até porque nas primeiras saídas seu cumprimento se limitava a um sorriso. Nunca sabíamos se estava contente ou aborrecida, se havia gostado do lugar onde íamos ou se queria comer alguma coisa, se quiséssemos saber qualquer coisa, tínhamos de perguntar a ela.

— Como é que você não se irrita com essa mulher, Emilio? — dizíamos. — Não vê que não fala nada? Parece muda.

— O que é que tem? — respondia ele. — Para que alguém vai querer uma mulher que fala? Melhor assim.

Com o tempo, soltou as primeiras gotinhas, mas só depois de ter reconhecido o terreno e de se sentir um pouco mais firme nele. Procurou entre os novos o olhar confiável, a alma que guardasse todos os seus segredos, e me encontrou. Se bem que não deve ter lhe dado muito trabalho, porque fazia tempo que eu queria saber o que havia por trás daquele silêncio.

— Em que você pensa, Rosario?

— Quando?

— Quando fica calada.

— Não sei. Você pensa em quê?

Se lhe tivesse dito que só pensava nela... Desde a manhã em que amanheci amando-a, dediquei-me a construir mil mundos para Rosario. Mundos que nasciam de meus desejos, que duravam o que dura um sonho e desmoronavam com a batida seca da porta de seu quarto, com o gemido atravessando as paredes, com as intempestivas fugas para o lado dos durões.

— Não me respondeu como foi que os conheceu — falei.

— Já lhe contei.

— Não, não me contou — insisti.

O Escritório incumbiu Ferney e Johnefe de uma missão complicada. Pagaram-lhes uma grana que não teriam ganhado num ano de trabalho. O objetivo era um político que estava complicando a vida de seus patrões.

— Você sabe — disse Rosario. — Um filho-da-puta desses.

— Como se chama? — perguntei.

— Como se chamava — disse —, porque a missão foi um sucesso absoluto.

Com o irmão e Ferney viajaram outros cinco, e ainda que nunca tenha me contado os pormenores da operação, talvez porque não os conhecesse, afirmou que todos tinham viajado acompanhados.

— É que os rapazes ficam nervosos — explicou-me —, e nós somos as únicas que podemos tranqüilizálos. Dessa vez pagaram passagem pra Deisy e pra mim, e pra outras peruas que eu não conhecia. Todos viajamos separados e chegamos em datas diferentes, mas Johnefe, Deisy, Ferney e eu ficamos no mesmo hotel. Nos fizemos passar por casaizinhos em lua-de-mel, aí tivemos de ficar o tempo todo agarradinhos, você sabe como me chocam essas babaquices. Não gosto de tatibitate, se os homens soubessem como ficam aveadados quando dão uma de românticos, por isso gosto de Emilio, porque é seco como um carvão. O que é que você ia dizendo?

Eu também perdi o fio da meada. Em questão de segundos não soube o que fazer com todas as palavras que imaginava para ela. Palavras de amor que encadeava enquanto dormia, e que preparava para um dia dizer sob a lua, à beira-mar, no tom adocicado e romântico que ela tanto abominava. De que outra maneira se pode falar de amor?

— Estava no hotel... — lembrei.

— O hotel, o hotel... — disse, procurando o ponto em que tinha interrompido a história. — Imagine você que não nos deixavam sair à rua nem para comer. Os rapazes saíam cedo e voltavam tarde. Eu passava do quarto da Deisy pro meu, e vice-versa. Um ócio terrível. A única coisa que fazíamos era ver TV a cabo, fumar maconha e ficar penduradas na janela vendo Bogotá. Os meninos chegavam à noite muito perturbados, bêbados, não contavam nada do que faziam, cada um seguia para o quarto para que os mimássemos. Ferney chegava feito um doido, como se nunca tivesse estado comigo, mas o embalo era tão grande que o negócio acabava não funcionando bem, no dia em que liquidaram o serviço, aí sim, conseguiu.

Muitas vezes fui vítima de minha própria invenção, porque, ao tentar que Rosario me contasse suas histórias, deparava com detalhes que teria preferido ignorar. Preferia imaginá-la em sua intimidade.

— Deisy me contou que com Johnefe acontecia a mesma coisa — prosseguiu —, e passava a noite toda zanzando de um lado pro outro e fumando, que não dormia e ficava puto. Uma noite disseram para ficarmos prontas porque na manhã seguinte alguém nos pegaria e levaria para uma fazenda e que lá encontraríamos eles.

"'E quem vai nos pegar?', Deisy resolveu perguntar.

"'Que diferença faz pra você?', respondeu Johnefe. 'Limite-se a fazer o que eu mando, tá falado?'

"Metida que sou, resolvi defender Deisy e você não imagina a confusão que rolou. Johnefe me agarrou e disse: 'Gonorréia filha-da-puta, não sei para que trouxemos vocês se a única coisa que fazem é atrapalhar, e é claro, Ferney, que não gostou nem um pouco que alguém botasse as mãos em cima de mim, sacou um ferro, colocou-o na boca de Johnefe e disse: 'Respeita sua irmã, seu aborto da natureza, se é com ela, é comigo, sua irmã você vai respeitar!' Começou a pior gritaria que você pode imaginar, até que bateram à porta e aí ficamos paralisados, ninguém falava nem se movia. Johnefe reagiu fazendo sinal para que entrássemos no banheiro, Ferney entrou no armário, e depois resolveu abrir a porta do quarto porque disseram que se não abríssemos chamariam a polícia.

"'O que está acontecendo?', perguntou o funcionário do hotel.

"'Acontecendo? Aqui não está acontecendo nada, seu gerente', respondeu Johnefe.

"'E a gritaria?', voltou a perguntar o cara do hotel.

"'A gritaria?' Deve ter sido a televisão, seu gerente.'

"'Ouvimos mulheres chorando.'

"'É que mulher chora por tudo, seu gerente', esclareceu Johnefe."

Quase sempre que Rosario me contava alguma coisa desse calibre, interrompia para acender um cigarro. Dava as primeiras tragadas em silêncio, com o olhar num ponto inexistente, presa na recordação que a obrigava a fumar.

— Foi um susto tão grande — disse depois da pausa — que passamos a noite toda falando por sinais. Não perguntamos mais nada e fomos dormir. Os rapazes ficaram juntos tomando umas e outras. No dia seguinte saíram muito cedo, nem eu nem Deisy nos demos conta, mas o que realmente percebemos foi que não tinham dormido. Por volta das dez da manhã chegou um sujeito numa puta caminhonete e nos levou a uma fazenda maneiríssima, você não imagina a fazenda, parceiro, uma mansão do cacete, com várias piscinas, quadras de tênis, cavalos, cascatas, garçons, mais parecia um clube. Deisy e eu pusemos nossos biquínis e ficamos pegando sol. À noite, meia-noite mais ou menos, chegaram os meninos, bêbados, mas dava pra ver que estavam contentes, riam pra cacete, se abraçavam, nos beijavam, pediam mais um trago, tomaram umas brancas e fizeram uma farra que durou três dias. Deisy e eu, a gente tinha decidido não perguntar mais nada, mas eu me toquei, parceiro, porque já tinham concluído o trabalho.

Rosario acendeu um cigarro no outro. Dessa vez o silêncio foi mais longo, as tragadas mais lentas, os olhos mais perdidos. Às vezes até, como dessa vez, mudava subitamente de assunto, e de uma bala passava a uma canção, de uma morte a um comentário sobre o calor que vinha fazendo ultimamente em Medellín. Era melhor não insistir, mas esperar o próximo capítulo com paciência, até que a protagonista decidisse voltar à cena.

— Que calor vem fazendo em Medellín! — disse depois do silêncio.

— Isso está se tornando uma terra quente — respondi o que todo mundo dizia.

Era verdade que a cidade havia "esquentado". Aquela agonia nos sufocava. Já estávamos até o pescoço de tantos mortos. Todos os dias acordávamos com uma bomba de cento e tantos quilos que deixava igual número de carbonizados e edifícios destroçados. Tentávamos nos acostumar, mas o ruído de cada explosão cumpria seu propósito de não nos deixar sair do medo. Muitos partiram, tanto daqui quanto de lá, uns fugindo do terror, e outros das retaliações de seus atos. Para Rosario, a guerra era o êxtase, a realização de um sonho, a detonação dos instintos.

— Assim vale a pena viver aqui — dizia.

Eram eles contra nós, cobrando-nos olho por olho, dente por dente, todos os anos em que éramos nós contra eles. Com Rosario metida em nosso bando ou nós no dela, não sabíamos que posição tomar, sobretudo Emilio, porque eu já não podia decidir, tinha de aceitar o lado, o único possível, que sempre escolhe o coração. No entanto, nunca tomamos partido de nenhuma das partes, limitamo-nos a seguir Rosario em sua queda livre, tão ignorantes como ela a respeito do porquê das balas e dos mortos, gozando como ela da adrenalina e dos vícios inerentes à sua vida, cada um amando-a à sua maneira, éramos muitos procurando algo diferente por trás de uma mesma mulher, Ferney, Emilio, os durões, e eu, o que mais e o que menos podia tê-la.

— Não sei por quê — disse-me uma vez —, mas você é diferente de todo mundo.

Embora não me tenha servido de nada, Rosario também aprendeu a me conhecer, não com a minuciosidade com que a conhecia, mas com suas conclusões espontâneas. Falava de todos e os definia, mas eu tive o privilégio de ser o único a quem ela descobriu novas facetas, o único a quem fez perguntas íntimas, o único que interrogou para encontrar o que nunca lhe deram, mas se espantou com a constatação, nós dois tivemos muito medo naquela noite, a única noite, em que voltamos a fechar o que abrimos como se nunca o tivéssemos visto.

— Não vamos complicar mais as coisas, parceiro — disse-me naquela noite.

Fechei os olhos, a única coisa que me permitia deixar aberta desde então, e pensei no quão idiota tinha sido e que era muito tarde, porque as coisas não podiam estar mais complicadas.

7

A pálida luz violeta que anuncia o amanhecer invade a sala de espera do hospital. O presépio continua iluminando mas as montanhas já não se perdem mais na noite. O velho que me acompanha dorme de boca aberta e um fio de baba escorre pela camisa. Tenho a impressão de que também dormi por um momento, talvez durante apenas alguns segundos, mas foram suficientes para secar minha boca e me deixar a cabeça pesada. Ninguém passa pelos corredores. Ao fundo, a enfermeira plantonista continua dormindo profundamente atrás do balcão. De repente, sinto pelo meu corpo um frio terrível, protejo-me com meus próprios braços, pensando que não vem de fora, mas de dentro, justo no instante em que me dou conta da estranha quietude que reina no hospital.

"Morreram todos", penso.

Mas quando vejo que esse "todos" também inclui Rosario, faço barulho com os pés, tusso, mexo-me no assento para cortar esse silêncio. O velho abre os olhos, limpa a baba, me olha, mas o peso dos olhos é mais forte e não lhe permite sair do sono. A cadeira da enfermeira também range. Continuamos vivos e certamente Rosario também. Tenho vontade de ligar para Emilio, mas passa.

— Você não tem medo da morte, Rosario? — perguntei-lhe certa vez.

— Da minha não — respondeu —, da dos outros, sim. E você?

— Tenho medo de tudo, Rosario.

Não soube se ela se referia às mortes que causara ou às de seus entes queridos. Porque acho que sua gordura pós-crimes está mais relacionada ao medo do que à tristeza da perda. Quando saí do choque de saber que Rosario matava a sangue-frio, senti uma confiança e uma segurança inexplicáveis. Meu medo da morte diminuiu, certamente por andar ao lado da própria.

— Eu a imagino como uma puta — descreveu-me —, de minissaia, sandálias vermelhas de salto alto e camisetinha sem manga.

— E olhos pretos — completei.

— Parecida comigo, né?

Não lhe incomodava parecer-se com ela, nem encarná-la. Numa determinada época, maquiava-se com uma base branca e pintava os lábios e os olhos de preto, e nas pálpebras usava uma sombra arroxeada, como se tivesse olheiras. Vestia-se de preto, com luvas até os cotovelos, e no pescoço, como pingente, uma cruz de cabeça para baixo. Foi no tempo em que andou metida no satanismo.

— O diabo é foda — dizia.

Perguntei-lhe o que tinha sido feito de Nossa Senhora, do Menino Jesus e de São Judas Tadeu. Disse-me que Johnefe lhe havia dito que a ajuda devia vir de ambas as partes, dos bons e dos maus, porque havia espaço para todo mundo.

— Mas Johnefe disse que o diabo é o mais generoso — explicou.

Disse-me que isso não era novidade, e que nos levaria para que víssemos como a coisa funcionava, que era uma viagem maneiríssima, melhor do que qualquer droga.

— O quê? Vai nos levar onde fica o diabo? — perguntei sem esconder o medo.

— Não fode — disse Emilio. — Não contem comigo.

— Comigo também não — fiz coro.

— Dupla de veadinhos — falou Rosario. — Definitivamente estou feita com essa dupla de bichonas.

Nunca fomos até lá. Eu, só com aquela história de que o sujeito tinha de tomar um copo de sangue de gato, descartei qualquer possibilidade. Além disso, ouviam-se histórias sinistras.

— Também sacrificam crianças — contou-me Emilio em segredo. — Roubam elas e as colocam num altar, e então cortam o pescoço e bebem o sangue. Por isso é que ultimamente tem tanta criança desaparecida.

— E o que fazem com as virgens? — acrescentei. — Será que é verdade?

— Que as matam, acredito que sim, mas isso de que são virgens aí já duvido.

Rosario se irritou com nossas risadas.

— Riam, babacas, riam mesmo, mas quando estiverem bem fodidos não venham pedir ajuda.

O envolvimento satânico não durou muito. Sem que lhe disséssemos nada e quase sem que nos déssemos conta, Rosario foi deixando a palidez, as olheiras e a boca escura, para voltar ao colorido de sempre. Abandonou o ar de mistério e voltou à sua espontaneidade de sempre. Não contive a vontade de lhe perguntar o que tinha acontecido com o diabo.

— É que não gostei da música — disse. — Um barulho horroroso. Gosto de outras coisas. Das músicas bonitas, as de amor, que a gente consegue entender e que dizem coisas maneiras.

Eis algo que nunca entendi em Rosario: a incoerência entre as canções românticas de que ela gostava e seu temperamento violento e o modo seco de amar.

— De que você gosta, Rosario?

— Você sabe, Maria Conchita, Juan Gabriel, Paloma Perales, gente boa, que canta com a mão no peito e os olhos fechados.

O que não nos contou foi a outra razão por que se irritou com os satânicos, mas acabamos sabendo porque na noitada, embalado, Frangote nos disse.

— A menina apagou um cara da seita. Não sabiam? Eu pensei que todo mundo estivesse sabendo. Estávamos brincando de ficar pelados e todo mundo pegar todo mundo. Tínhamos fumado uns cinco charutões, já estávamos pra lá de doidos, e a garota não gostou que o cara a pegasse à força, mas ele a encurralou de um jeito, prendeu ela com o joelho e pegando pesado mesmo, e aí o que aconteceu, eu vi a parada toda, a garota de repente se deixou levar, ficou toda boazinha, me entende?, como se estivesse começando a gostar, começou a dar beijinhos no cara e deixou que a apertasse bastante, de repente, pá!, ouvimos o ruído seco de um tiro, muito esquisito, soou muito esquisito mesmo, e, é claro, o cara começou a se esmanchar, encharcado de sangue, e a garota também se sujou toda, a roupinha íntima, me entende?, e ela ainda o empurrou com o pé e lhe disse uma coisa de que não me lembro agora, e nós, que estávamos peladões, brochamos na hora, e ela, serena, guardou o ferro na bolsa, se vestiu e saiu sem dizer nada, e ficamos todos intrigados sem saber de onde havia tirado a pistola, olhei para Johnefe e disse: "A menina já sabe se defender."

— E o que é que esse filho-da-puta fez com ela? — disse Johnefe pronto para matá-lo de novo.

— Tranqüilo, cara — respondeu Frangote. — A garota já cuidou de tudo, é melhor aproveitarmos o sangue desse, que estou com sede.

— Para mim o sangue dos filhos-da-puta me cai mal — disse Johnefe.

Rosario falou que era tudo mentira de Frangote. Que a única coisa que a fez sair foi a música, e que se não acreditássemos que perguntássemos a seu irmão, mas quando soubemos da história Johnefe já estava morto. Aí esgrimiu sua segunda prova de inocência:

— Por acaso me viram gorda depois?

Estávamos cada vez mais confusos com Rosario. Começaram a inventar histórias sobre ela, e era impossível saber quais eram as verdadeiras. As inventadas não eram tão distantes da realidade, e o mistério e os sumiços de Rosario nos obrigavam a crer que todas eram possíveis. Nas favelas de Medellín, Rosario Tijeras se tornou um ídolo. Nas paredes da cidade viam-se dizeres como: "Rosario Tijeras, linda", "Cape-me com beijos, Rosario T."; "Rosario Tijeras para Presidente". As meninas queriam ser como ela, e até soubemos que algumas foram batizadas como María do Rosario, Claudia Rosario, Leidy Rosario, e um dia nossa Rosario nos falou de uma tal de Amparo Tijeras. A história adquiriu a mesma proporção de realidade e ficção que a de seus chefes. E até eu, que conheci os labirintos de sua vida, me confundia com as versões que vinham de fora.

— Emilio, você tem ouvido essas coisas que andam dizendo?

— Não me conte mais nada, cara — dizia —, que já estou ficando doido.

Entre os nossos também circularam histórias não comprovadas sobre Rosario, histórias que ganhavam um pedaço de realidade, e o resto ia se acrescentando de boca em boca, acomodando-se conforme as necessidades do interlocutor. Algumas nos incluíam. Mas cheguei a escutar tanta coisa que nunca pude compilá-las para contar a Rosario, que se divertia até não poder mais com o que comentavam.

— Conta, parceiro, o que mais dizem de mim?

— Que já matou duzentos, que você tem dentes de ouro, que cobra mil reais por transa, que você também gosta de mulher, que mija em pé, que operou os peitos e colocou silicone na bunda, que é a namorada do cara que a gente conhece, que é um homem, que teve um filho com o diabo, que é a chefe de todos os assassinos de Medellín, que está cheia da grana, que manda tesourar quem você não gosta, que transa comigo e com Emilio... enfim, acha pouco? Quem dera tudo fosse verdade.

— Tudo não — disse. — Mas metade.

Ela queria que fosse mesmo tudo verdade, e eu também. Porque minha parte estava na metade excludente, nas histórias que nunca aconteceram, juntamente com a do filho do demônio, mentira, porque Rosario nunca pôde tê-los, como também a dos peitos e da bunda artificial, mentiras, porque eu os toquei, uma única vez, uma só noite, e nunca antes nem depois tocaria algo mais real, mais carnal, mais lindo; sem falar na história de que Rosario era homem, mentira, porque não havia nenhuma que fosse mais mulher do que ela.

— O que mais dizem, parceiro, conta mais.

— Pura babaquice. Imagine. Dizem que ando namorando você.

— Ah! Não sabem mais o que inventar — disse ela e me matou.

— Imagina — retruquei, quase morrendo.

O amor aniquila, o amor acovarda, diminui, arrasta, emburrece! Certa vez, depois de uma história parecida com a que acabo de lembrar, entrei no banheiro de uma boate e me dei tanta porrada que fiquei com a cara toda vermelha. Pá!, seu idiota!, pá, por ser tão babaca!, pá, pelo frouxo que você é! Quanto mais me batia mais raiva sentia de mim mesmo, e mais imbecil me senti quando tive de esperar que a vermelhidão passasse para poder sair. Também fiquei uma semana mais ou menos com o maxilar machucado, só podendo abrir a boca até a metade. Jurei que tomaria coragem e contaria a ela tudo o que eu sentia, e depois entrei muitas vezes no mesmo banheiro no qual ficava me socando enquanto ensaiava as palavras com as quais confessaria meu amor.

— Rosario, estou apaixonado por você.

— Rosario, há muito tempo que tenho uma coisa para lhe dizer.

— Rosario, adivinha quem está apaixonado por você.

Nunca lhe disse nem essas nem as outras mil coisas que planejei. Frustrado, voltava a me socar diante do espelho, o único que me escutou dizê-las.

— Você tá cheirando? — perguntou-me Emilio.

— Não, por quê?

— Esse seu vaivém pro banheiro.

— Estou mijando toda hora.

— E está com as bochechas vermelhas — acrescentou.

Nunca entendi como nem ela nem ninguém percebeu. As suspeitas de Emilio não passavam de duas perguntas bobas, e se ela soubesse de alguma coisa não teria mantido a proximidade e a confiança que sempre depositou em mim. Eu tinha certeza de que todos sabiam, porque o amor se nota. Por isso sempre tive esperança, porque nunca vi Rosario olhar Emilio, Ferney, nenhum outro do jeito como me olhava, nunca a vi voltar do lugar onde ficavam os durões com olhos que denunciassem um amor.

E quando me vinha alguma dúvida, tornava a lhe perguntar, procurando em seu passado algum resquício da capacidade de amar:

— Já se apaixonou alguma vez, Rosario?

8

Emilio tinha dito que ia me apresentar à mulher da vida dele: Rosario. Como sempre dizia a mesma coisa, daquela vez não acreditei. O despeito e algumas provas deixaram-me afastado por uns dias da noitada que sempre fazia com ele. Era comum eu me trancar no quarto nessas ocasiões, o amor e o estudo sempre me deram trabalho. Mas, quando conseguia recuperar a matéria e o coração, voltava à busca noturna nas boates, decifrando os olhares das possíveis candidatas, encorajado pela música e pelo álcool. Geralmente, em pouco tempo voltava a me ferrar, e me fechava de novo para sair das notas vermelhas e me recompor do maldito amor. Sempre foi assim, até que apareceu Rosario.

— Você conhece ela — disse Emilio. — É uma das que ficam na parte de cima.

— Como disse que se chamava? — perguntei.

— Rosario. Você já a viu.

— Rosario de quê? — tornei a perguntar.

— Rosario... Não me lembro.

Eu estava procurando na minha cabeça alguém das nossas bandas, por isso achava curioso não lembrar dela; além disso, nesses lugares sempre acabamos indo às mesmas pessoas. Pouco tempo depois, quando finalmente a conheci, entendi por que não a localizava. Emilio me mostrou quem ela era. Dançava sozinha na parte de cima, onde eles sempre ficavam, porque agora que tinham mais dinheiro do que a gente tinham direito ao melhor lugar da boate e, talvez, porque nunca tivessem perdido o costume de ver a cidade do alto. Da fumaça e das luzes que acendiam e apagavam, dos jorros de neblina artificial, do emaranhado de braços que seguiam o ritmo da música, surgiu Rosario como uma vênus futurista, com botas negras até os joelhos e saltos que a elevavam muito além de seu pedestal de bailarina, de minissaia prateada e uma miniblusa cavada verde neon; com a pele cor de canela, o cabelo preto, os dentes brancos, os lábios grossos e uns olhos que me deixaram imaginando por que os mantinha fechados enquanto dançava, para que ninguém a tirasse de sua viagem, para que a música não lhe escapasse por alguma distração, ou talvez para não ver a dúzia de patifes que achava que ela já lhes pertencia, cercando-a numa roda que não sei como Emilio conseguiu atravessar.

— Isso não é nada — disse Emilio —, toda vez que ela vai ao banheiro um sujeito vai atrás dela.

— Então, como a conheceu?

— No início, começamos com umas olhadas, nos olhamos, nos olhamos, quando eu me virava, ela estava me olhando, e quando ela se virava para me ver, me pegava fazendo mesmo, aí começamos a rir, então ela foi para o banheiro e fui atrás, mas primeiro topei com o tal chato que não a deixava sozinha um minuto.

— E aí?

— Aí nada — continuou —, não pudemos fazer nada, só nos olhar e sorrir, mas acho que o sujeito resolveu pegá-la de jeito, porque não imagina o barraco que começou depois, gesticulavam e gritavam e um deles a segurava pelo braço, mas ela não se deixava segurar, até tapas deu no cara, e me olhava de vez em quando, e o tal que a acompanhou ao banheiro me apontou umas duas vezes e ela continuava discutindo e todo mundo acabou entrando na confusão.

— E aí? — tornei a perguntar.

— Aí nada. Levaram ela à força. Mas você não imagina o olhar que me deu na saída. Não pode imaginar.

Em vez de me deixar intrigado, a história me assustava. Já tínhamos ouvido dizer que alguns dos nossos que se meteram com as mulheres deles tinham levado tiro ou tiveram de trocar de discoteca. Eu estava certo de que Emilio não ia ser a exceção. No entanto, quando me contou essa história, ela já dominava a situação e era a nova namorada dele.

— Noutro dia, voltou sozinha. Imagine, meu chapa, sozinha, cara, sem o bando, só com uma amiga, que vamos apresentar a você e não é muito feia, não.

— Não enche o saco, Emilio, continua a história.

— Então, ela chegou sozinha, mas eu estava com Silvana.

— Com Silvana? — perguntei. — Não fode! E aí?

— Rosario queria me comer com os olhos e Silvana atrapalhando, então apliquei o velho truque da doideira, pedi a conta, e quando estava saindo fiz um sinal para Rosario de que voltava já.

"'E por que está dirigindo tão rápido, Emilio? Qual é a pressa?', Silvana perguntou.

"'É que estou muito doido, meu amor', respondi. 'Muito doido.'

— Mas que cagada, hein, Emilio?

— Que cagada? — disse. — Com aquele avião me esperando?

— E ela esperou?

— Claro, mané, todas me esperam. E você não imagina com que doçura. No começo ficamos tímidos, mas depois...

'Qual é o seu nome?', perguntei.

'Rosario', respondeu ela. 'E o seu?'

"'Eu? Emilio.'"

De fato, Emilio era do tipo gostosão, tanto que chegou a ser a exceção. Não sabíamos o que tinha Rosario, porque embora seus amigos a continuassem seguindo, nunca se aproximaram nem incomodaram Emilio, muito menos depois do incidente com o Patinho. O único que não tirava os olhos deles quando estava presente, que não dançava para não perdê-los de vista, que não tirava a mão do cabo da pistola, que quando tocava uma música lenta as lágrimas começavam a lhe escapar, esse era o Ferney. Metia-se em seu lugar elevado, pedia uma garrafa de uísque e se acomodava de modo a ficar sempre de frente para eles, para olhá-los com raiva, e quanto mais bêbado, mais raiva e dor podiam ver em seus olhos; no entanto, nunca se levantou da poltrona nem pra fazer xixi.

No começo, não pude deixar de sentir certa simpatia por ele, certa solidariedade com alguém que indiscutivelmente era dos meus. Ferney era do clube dos que calam, os do nó na garganta, os comedores de merda que não dizem o que sentem, que guardam o amor para si, escondido covardemente, os que amam em silêncio e rastejam. Enquanto ele nos olhava, eu, de esguelha, também o olhava, e não entendia por que tanta obsessão, até que a fui conhecendo, até que começou a entrar em mim, até que me vi perdido com Rosario dentro de mim, causando-me desastres no coração. Então passei a entendê-lo, quis colocar uma cadeira ao lado da sua e tomar todas com ele, e olhá-la com a mesma dor e a mesma raiva, e chorar por dentro quando ele a beijava, quando dançavam juntos, quando lhe segredava no ouvido as promessas que se consumariam mais tarde.

— Esse Ferney é muito esquisito — dizia Rosario. — Olha só para ele, você entende isso?

— Talvez ainda esteja apaixonado — respondi, justificando-o.

— Aí que está a babaquice — concluiu ela. — Ficar sofrendo por amor.

"Você é feita de quê, Rosario?", perguntava a mim mesmo sempre que a ouvia dizer coisas assim. "De que será feita?", toda vez que a via partir para o lado dos durões, toda vez que a via sair magra e voltar gorda, toda vez que me lembrava de nossa noite.

— Está aqui, ó — dizia Emilio, mostrando-me a palma da mão. — Acho que esta noite rola.

Não dei importância à primeira vez que passaram a noite juntos, aliás nem sequer me lembro quando foi. Rosario ainda não fazia estragos em mim. Quando ele me contou, eu só pensava que Emilio estava brincando com fogo e que iriam matá-lo. Além disso, ainda que Ferney não se aproximasse, nessa época começou a mandar recados malcriados, e eu temia que cumprisse as ameaças. Nessa ocasião eu amava mais Emilio do que Rosario, e me preocupava tanto com o que poderia lhe acontecer que até me atrevi a contar meus temores a Rosario.

— Calma — respondeu. — Meu irmão ordenou que ninguém chegue perto dele.

Não é que o cara quisesse proteger Emilio, porque nem sequer se conheciam. Era por ela, porque os desejos da irmã eram ordens. O "terror das favelas", o subalterno que aterrorizou Medellín, se rendia, todo derretido pelos caprichos da irmã mais nova.

— Que ela decida — dizia Johnefe.

Quando o mataram, meus temores voltaram. Sem Johnefe, Ferney passava a ser o chefe do bando, e a morte do companheiro o havia deixado mais violento e também mais possessivo com Rosario. Pretendia substituir o irmão dela e recuperar o posto de namorado; no entanto, Rosario não estava interessada em nenhuma das duas coisas.

— É melhor você se acalmar, Ferney — disse ela —, que já sei me cuidar sozinha e além disso não estou a fim de ter namorado.

— E o babacão do Emilio?

— O Emilio é o Emilio — respondeu.

— Como assim? E eu?

— Você é o Ferney.

Não era raro se sair com esse tipo de evasiva para resolver o que lhe dava trabalho explicar. Ferney, que era tão lento para a bala quanto para o raciocínio, não tinha outra saída senão ter saco para agüentar e mandar Emilio à merda mais vezes.

— De qualquer jeito — eu disse a Rosario —, esse Arley não me inspira nenhuma confiança.

— Ferney.

— Isso — continuei. — Mais dia, menos dia, ele enche a cara e apronta uma.

— Que nada, mudou muito! — retrucou ela. — Se você tivesse conhecido ele antes, aí, sim, teria ficado assustado. Imagine você que uma vez, éramos namorados, fomos ver um filme do Schwarzenegger, não perdíamos um, e atrás de nós sentou um sujeito que desde que entrou não parou de comer pipoca, e o barulho do pacote já estava deixando Ferney enlouquecido, dizia que não deixava ele se concentrar, e era verdade, porque passou o tempo todo olhando pra frente e pra trás, até que uma hora não agüentou mais:

"'Desculpe, chefe, mas o barulho do pacotinho está nos perturbando.'

O sujeito não deu a mínima idéia, nem sequer olhou pra cara dele e continuou comendo. Além disso, ainda abriu outro pacote. E Ferney insistiu:

"'Desculpe, chefe, mas acho que você não escutou bem. Está nos incomodando o barulho do pacote. Poderia deixar as pipocas pra depois?'

"O sujeito nem se manifestou", continuou Rosario, "quem se emputeceu foi o Ferney. Virou-se completamente até ficar de frente para o sujeito, tirou o ferro, encostou na barriga do cara e atirou. O cara mal se mexeu, soltou o pacotinho, olhou a barriga e ali ficou, com cara de assustado como se o filme fosse de terror."

— E as pessoas? Fizeram o quê? — perguntei.

— Nada. Ninguém se deu conta porque o tiro do Ferney se perdeu no tiroteio fodido que rolava na tela.

— E terminaram de ver o filme?

— Não, parceiro. Ferney falou: "Vamos embora daqui, que já me aborreci."

Esse era o inimigo de Emilio. E Rosario me dizendo pra não ficar preocupado. Eu pensava comigo mesmo, se tudo isso por um pacote de pipocas, o que não faria ferido pelo amor. Até eu, que não mato uma mosca...

— Olha, parceiro — dizia Rosario —, ele sabe que se causar algum mal a Emilio vai causar a mim, e tenho certeza que Ferney não se atreveria a me ferir.

Rosario sabia como dar as cartas, sabia manejar a situação, conhecia seu pessoal e sabia o que esperar dele. E se alguém vacilava com ela, sabia que seria recompensado com um beijo e castigado com um tiro, à queima-roupa, como lhe ensinara Ferney.

Sempre fazia o que lhe dava na telha, ela mesma admitia que desde criança era voluntariosa. Por isso, deixou a mãe e partiu com o irmão, e talvez por esse motivo nunca comprometesse seu coração. Nada amarrava Rosario, nem sequer os durões, com quem sempre era complacente.

— Mas no dia que não cumprirem, caio fora — me dizia.

— Não cumprirem com o quê?

— É um negócio, parceiro, negócio de palavra, e se eu cumpro, eles também têm de cumprir.

Eu escutava esses argumentos sempre na mesma época, geralmente a cada ano, quando ela lhes fazia novas exigências, lembrando a eles as condições do contrato. Assim, conseguia que lhe trocassem o apartamento ou o carro, ou que lhe engordassem a conta bancária.

— Se quiserem me ver de novo, que troquem meu possante — dizia. — Já está mais que na hora.

Tenho certeza de que, no fundo, Ferney gostava de ver Rosario com eles: ficava feliz de ver o trapo que Emilio ficava, desse jeito até ele a teria perdido para sempre. A diferença era que, para ela, a relação com Emilio não mudara nada. Para Rosario, o acordo com os durões era uma espécie de cruz, onde cada um dava o melhor que tivesse para dar.

— E o Emilio é o Emilio — insistia.

Mas Emilio não via a coisa com os mesmos olhos. Para ele, era piranhagem e nada mais. Mas o que mais lhe doía é que todo mundo ficasse sabendo, e, principalmente, ele ser o último a saber. Em todos os lugares em que estivemos, Emilio e eu fomos os últimos a saber de onde Rosario saía tão quietinha. Ouviam-se rumores, mas como sempre vinham de línguas invejosas, não dávamos muita bola. Depois, o próprio Ferney veio nos contar historinhas. Também duvidamos, porque sabíamos que ele andava magoado e disposto a se aproveitar de qualquer circunstância para acabar com o relacionamento deles. De modo que não nos restou outra alternativa senão perguntar à própria Rosario.

— Pergunta você — disse Emilio. — Ela confia mais em você.

— Mas por que eu? — joguei na cara dele. — Você que é o namorado.

Morríamos de medo. Pensávamos em sua reação, que nos mandaria à merda, e por uma fofoca ficaríamos sem ela. Até que um dia, depois de ter sumido um fim de semana inteiro, vimos que ela chegava de bom humor e decidimos que aquele era o momento.

— As pessoas são muito fofoqueiras — comecei. — Não sabem mais o que dizer.

— Esses putos cascateiros! — continuou Emilio. — Você não imagina o que andam dizendo.

— Nem tão cascateiros — disse ela.

— Como assim? — perguntamos os dois.

— Como sempre — disse-nos Rosario —, metade é verdade e metade é mentira.

— E qual é a metade verdadeira? — perguntou Emilio.

— Certamente a que mais dói em você — respondeu ela.

Era verdade. Estava envolvida com eles havia muito tempo, quando ainda nem nos conhecia. Enquanto Emilio enlouquecia jogando cadeiras para o alto, batendo portas e quebrando móveis, eu me consumia por dentro. Toda hora aparecia alguém para afastá-la de mim, Emilio, a sociedade, Ferney, e agora eles. Rosario ficou calada enquanto Emilio destruía o apartamento. Não disse uma só palavra enquanto ele chorou, gesticulou e praguejou. Também fiquei em silêncio, como ela, esperando que ele terminasse o show. Mas esperando também que ela me olhasse, me dissesse alguma coisa, me envolvesse em sua confissão. Ainda não sei se me ignorou de propósito ou não foi capaz de me olhar. Certamente a traição dos amigos é pior do que a do amor.

Volto a pensar em Emilio e na perturbação que os rolos de Rosario lhe causaram. De repente, sinto que devo ligar para ele de novo.

— Já faz tempo que estou esperando sua ligação, cara, e aí? O que aconteceu?

— Já falei com o médico — contei. — Ele disse que ela tem bala por todo lado.

— As balas de ontem à noite ou balas de antes?

— Atiraram várias vezes à queima-roupa.

— Enquanto lhe davam um beijo.

— Como você soube?

— Estão pagando com a mesma moeda.

Lembro das vezes em que vi Rosario beijando outros homens e lembro deles caindo mortos depois de um tiro seco, disparado bem de pertinho, agarrados a ela, como se quisessem levá-la em seu beijo mortal.

Lembro das palavras de Emilio quando a beijou pela primeira vez. Sempre alardeava os primeiros êxitos em suas conquistas, o primeiro toque de mãos, o primeiro beijo, a primeira vez na cama. Mas pela primeira vez seu comentário não havia sido triunfalista, mas sim desconcertante.

— O beijo dela tem um sabor muito estranho.

— Sabor de quê?

— Não sei. É um sabor muito estranho — disse.

— De morto.

9

Emilio e eu havíamos construído uma amizade à prova de brigas desde o colégio. Foi um juramento sem palavras, sem pactos de sangue nem promessas de bebedeiras. Foi simplesmente uma semente mútua de carinho da qual colheríamos uma amizade para toda a vida. Eu encontrara nele o lado corajoso que eu não tinha, eu não era o tipo de sujeito que entrava de cabeça na incerteza sem antes pensar duas vezes, e esse era justamente Emilio. Acho que ele viu em mim o covarde que ele não era, mas que o fazia pensar duas vezes diante do risco. Nesses anos todos, além de amá-lo, eu o admirava. Emilio conseguia as mulheres, a grana, a bebida, as emoções da vida. Ele sempre muito livre, sem tabus, sem culpa, saboreando cada dia como um presente. Eu, em contrapartida, tentava angustiantemente encarar esse modo de vida imperativo dos jovens. Mas às escondidas, e muito solitariamente, embarcava em leituras e pensamentos existencialistas que se chocavam com meu mundo da rua, com os planos de Emilio, e depois, de modo ainda mais forte, com as normas sociais. Foi quando encontrei em Emilio, além do amigo, minha fortaleza para a irreverência. E o que dizer de quando a encontrei, nosso maior escândalo, nossa Rosario Tijeras.

Hoje já não admiro Emilio, mas ainda o amo. Ainda que não tenha passado tanto tempo dessa época, as circunstâncias trouxeram à tona o que verdadeiramente éramos, o que vai aparecendo com o passar do tempo e permite que uns cheguem mais longe do que outros. No entanto, acho que meu carinho por ele não teria sobrevivido não fossem todas as recordações de nosso mergulho na vida. Os anos do colégio, nossa vingança dos padres, a primeira vez num filme para maiores de idade, a primeira revista pornô, nossas punhetas, as primeiras namoradas, a primeira vez, os segredos de amigos, o primeiro porre, as tardes na varanda sem fazer nada a não ser falar sobre música, futebol, essas coisas; a primeira onda morrendo de rir e comendo bolinhas de queijo, o sítio que alugamos para fumar e beber tranqüilos, para levar mulheres e acordar com elas, essa mesma casinha onde Emilio passou a primeira noite com Rosario e eu, também, depois, uma única vez.

Foi ela que nos livrou dessa adolescência que já rapazes resistíamos em abandonar. Foi ela que nos jogou no mundo, que partiu nosso caminho em dois, que nos mostrou que a vida era diferente da paisagem que tinham pintado para nós. Foi Rosario Tijeras que me fez sentir o máximo que um coração pode bater e me fez ver meus antigos desamores como conversa fiada, para me mostrar o lado suicida do amor, a situação extrema em que uma pessoa só consegue se ver pelos olhos do outro, na qual a comida diária é a merda, onde se perde a razão e se fica abandonado à misericórdia da pessoa a quem se ama.

Toda vez que viajo em minhas recordações, e nas que têm a ver com Rosario, acho que tudo teria sido mais fácil sem meu silêncio. Emilio nunca soube do meu medo, quando ao anoitecer colocávamos garrafas vazias nas escadas do colégio para que os padres escorregassem na penumbra. Nunca soube do meu medo quando íamos ao cinema ver filmes pornôs, da minha vergonha ao me propor que nos masturbássemos com a primeira *Playboy* que caiu em nossas mãos, nunca soube que gosto teve meu primeiro beijo, nem do orgasmo repentino de minha primeira vez. Sem falar de meus sentimentos por ela, porque meu silêncio foi tão grande quanto o amor de que sofri. Despertei muitas suspeitas, muita desconfiança, mas minha boca nunca teve coragem de dizer te amo, morro por dentro, faz muito tempo que morro por você.

— O que foi, parceiro? — perguntou Rosario.

— Estou morrendo — respondi.

— Você está doente?

— Estou.

— E o que é que está doendo?

— Tudo.

— E por que não vai a um médico?

— Porque não tem cura.

Nunca me atrevi a dizer mais. Queria que um milagre do céu fizesse Rosario se apaixonar por mim, que fosse ela a me falar de amor ou precisar somente de um beijo para desmascarar o que nossas línguas emaranhadas não teriam coragem de dizer.

— Como foi que conheceu Emilio? — perguntou ela certa vez.

— Desde pequeno — respondi. — Desde o colégio.

— E sempre foram tão amigos?

— Sempre.

Notei nas perguntas de Rosario uma desconfiança que ia além da habitual curiosidade. Estava levando muito tempo para fazer perguntas tão simples. Depois confirmei minhas suspeitas ao ver para onde conduzia seu interrogatório.

— Nunca brigaram? — voltou a perguntar.

— Nunca.

— Nem por uma mulher? — insistiu Rosario.

— Nem por isso.

— Imagina, parceiro — arrematou —, se eu chifrasse o Emilio com você...

Costumo responder a esse tipo de situação com um risinho estúpido. É um gesto mais do que covarde com o qual evito tomar alguma posição, totalmente diferente do sorriso com que Rosario deu por encerrado seu questionário. O dela foi mais decidido, produto de alguma maquinação que me pareceu não concluída, porque seus lábios se fecharam de repente, como se não quisessem se adiantar ao planejado, para voltarem a se abrir, como se abriram justamente nessa noite, quando radiante e suada, sob meu corpo, ela voltou a sorrir.

Durante muito tempo fiquei pensando nas intenções de Rosario. Perguntava a mim mesmo por que caralho queria trair Emilio comigo, se já o fazia com os durões, sabendo inclusive que a reação de Emilio não passava de um simples chilique que se acalmava com duas transas. Obviamente a infidelidade com o melhor amigo deixaria feridas de morte, mas por que queria magoá-lo ainda mais? Por que queria que brigássemos? Depois de tantas conjecturas, cheguei ao pior: ao lugar das falsas ilusões.

"Rosario está se insinuando pra mim", pensei.

"Rosario quer alguma coisa comigo", voltei a pensar.

"Rosario gosta de mim." A mentira final.

Sem ter acontecido nada, já me sentia traindo meu melhor amigo. Não era mais capaz de olhar para ele como antes, não era capaz de falar sobre ela como fazia normalmente, evitava mencionar seu nome, para que um tom apaixonado não viesse e me denunciasse, e, se tinha de falar sobre ela, o fazia olhando para o outro lado, para que não visse o brilho nos meus olhos.

Hoje tenho certeza de que meu amor ficou bem escondido e de que ninguém nunca notou nada. Quem dera ela tivesse desconfiado de alguma coisa, que algum gesto tivesse lhe dito tudo o que minha covardia não me deixava dizer, talvez ela tivesse tomado alguma iniciativa, ou simplesmente tocado no assunto, não sei. Talvez eu lhe conte tudo quando sair da cirurgia e ficar boa, principalmente agora que já passou tanto tempo, poderia lhe contar como uma coisa do passado e até riríamos, e ela chegaria a brigar comigo por não ter contado antes, quem sabe ela também admitiria que também me amou mas teve medo de confessar. Talvez mais tarde me deixem entrar pra vê-la, quem sabe pego sua mão e lhe conto tudo, que seja a primeira coisa que ouça ao acordar.

— É sua namorada ou irmã? — perguntou-me o velho da frente, que havia acordado.

— Nem uma coisa nem outra — respondi. — Uma amiga.

— Nota-se que você gosta muito dela.

"Demorou para notar", pensei, "como todos." Ou talvez todo mundo soubesse e ninguém tivesse dito nada, para que tudo continuasse igual, para não atrapalhar, para ninguém perder ninguém, para não quebrar a corrente que nos unia. Sempre pensei que no amor não havia casais, nem triângulos amorosos, mas sim uma fila indiana onde cada um ama o que está à sua frente, e este, por sua vez, o que está diante dele, e assim sucessivamente, e o que está atrás de mim me ama, e este é amado pelo de trás da fila, e assim sucessivamente, mas sempre amando aquele que está de costas para nós. E o último da fila não ama ninguém.

— Meu filho está lá dentro — tornou a interromper o velho. — Trouxe ele quase morto, quase matam meu filho.

Pensei que o filho dele podia ser um dos amigos de Rosario, podia ser Ferney se eu não tivesse a certeza de que ele estava morto, podia ser qualquer um dos tantos que conheci nas festas dela, e ainda que Rosario não o reconhecesse, ele saberia quem era ela.

— Quando seu filho acordar — falei ao velho —, diga a ele que está ao lado de Rosario Tijeras.

— Rosario está aí? — perguntou surpreso.

— O senhor a conhece?

— Meu Deus! — disse diante da obviedade. — O que aconteceu com ela? O que fizeram com ela?

— O mesmo que com seu filho.

— O mesmo não. É muito diferente ver balas no corpo de uma mulher. Dói mais — disse. — Coitada. Há muito tempo não a víamos, até tinham dito que ela estava morta.

Não sei por que estremeci com o que ele disse, Rosario e morte eram duas idéias que não se separavam. Não sabia quem encarnava quem, mas as duas eram uma só. Sabíamos que Rosario se levantava todas as manhãs mas não sabíamos se voltaria para casa à noite. Quando sumia por vários dias, ficávamos esperando pelo pior, um telefonema de madrugada de algum hospital, do necrotério, da rua, perguntando se conhecíamos alguém assim ou assado que tinha nosso telefone na bolsa. Felizmente as ligações sempre vinham dela mesma, com um cumprimento efusivo, um "já cheguei" ou um "voltei", feliz de tornar a nos ouvir. Minha alma voltava ao corpo, podia respirar tranqüilamente de novo, não me importava com a hora que ligasse, quase sempre me acordava, mas não me importava, o primordial era saber que estava bem, que tinha voltado para casa, como também me ligava pra sondar o terreno com Emilio, não me importava, eu era o único que a recebia bem, porque Emilio, e provavelmente Ferney, não mostravam sua alegria, não podiam.

— Os homens tinham que ser como você, parceiro — dizia-me Rosario. — Você não imagina como me fodem a paciência, Emilio, Ferney, Johnefe, todos, menos você, que é o único que não me enche o saco.

Esse era o único momento em que me alegrava não ser correspondido. Sentia-me a pessoa mais importante da vida dela. Era uma satisfação que só durava uns dois minutos, suficientes para eu me sentir o homem da vida de Rosario, o dos seus sonhos, o que a possuiria se não existissem os outros, e ali, com essa imagem, terminavam os dois minutos no céu e eu caía de bunda sobre a terra, ao lado dos outros, que, de um jeito ou de outro, eram os que tinham Rosario.

— E os durões? — perguntei. — Não enchem?

— Quais? Os rapazes?

— Até onde sei não são tão rapazes — respondi.

— Bem, é assim que nós os chamamos — explicou Rosario.

Não sei a quem se referia com o "nós", mas supunha, ainda que odeie suposições, que se referia a outras Rosarios, companheiras de aventuras igualmente ousadas, igualmente lindas.

— Todos enchem o saco, parceiro, todos — disse. — E de repente até você quando arrumar uma namorada vai encher o saco dela também.

"Namorada?", pensei; nem sequer podia imaginá-la como tal, era estranho, amava-a com todas as minhas forças mas não conseguia imaginá-la comigo. Nunca usei a palavra "namorada" nem qualquer outra desse tipo em meus pensamentos sobre ela. Mais que uma palavra, Rosario era uma idéia que criei, sem títulos, sem direitos de propriedade, algo tão simples e ao mesmo tempo tão complexo quanto dizer "Rosario e eu".

— O que não entendo é essa mania das mulheres de reclamar e ao mesmo tempo deixar os homens encherem o saco — repreendi.

Ela ergueu os ombros e os abaixou: a resposta sem saída, a atitude ante o que não se quer mudar. Mas suas palavras me arrasaram, falava de uma namorada que eu conseguiria, que certamente não seria ela, e além disso sentenciou que também eu iria foder a paciência de alguém. Não se deu conta de que, ao se excluir, o fodido era eu, sabia que eu era diferente, porque ela mesma me havia dito isso, mas se excluía, deixando nós dois fodidos.

— Não é mania, parceiro — disse ela —, mas se todos fodem a nossa paciência, não tem jeito de mudar.

"E eu, Rosario?", gritou meu pensamento. "E eu? Se você acabou de dizer que sou diferente", gritei por dentro sem me atrever a abrir a boca para perguntar, para reclamar pela exceção que havia feito, pelo lugar que eu merecia, e apertei os lábios para gritar mais forte, para reclamar: "E eu, Rosario?" Aí não sei se o que aconteceu foi uma terrível coincidência ou se ela chegou a escutar um eco de meu silêncio, porque sem que eu perguntasse nada me disse:

— Você, parceiro, você é maneiro. — E esticou o braço em minha direção para que déssemos as mãos.

10

Medellín é cercada por dois braços de montanhas. Um abraço topográfico que nos encerra num só espaço. As pessoas sempre sonham com o que há por trás das montanhas embora nos seja difícil desarraigar deste buraco; é uma relação de amor e ódio, com sentimentos próximos dos que se sentem por uma mulher e não por uma cidade. Medellín é como essas matronas de antigamente, cheia de filhos, carola, piedosa e possessiva, mas também é mãe sedutora, puta, exuberante e resplandecente. Quem vai, volta, quem a renega depois se retrata, o que a insulta se desculpa, e quem a agride, paga. Uma coisa muito estranha acontece entre esta cidade e nós, moradores, porque apesar do medo que nos incute, da vontade de largá-la que todos já tivemos um dia, e apesar de a termos matado muitas vezes, Medellín sempre acaba ganhando.

— Deveríamos cair fora daqui, parceiro — disse-me Rosario um dia, chorando. — Você, Emilio e eu.

— Mas para onde? — perguntei.

— Para qualquer lado — respondeu. — Para a puta que o pariu.

Chorava porque a situação não era para menos. Estávamos os três no sítio, fechados já há bastante tempo, botando para dentro tudo o que era possível, o que conseguíamos. Emilio dormia sob os efeitos do abuso e Rosario e eu chorávamos vendo o amanhecer.

— Esta cidade vai nos matar — dizia ela.

— Não ponha a culpa nela — explicava eu. — Somos nós que a estamos matando.

— Então é por vingança, parceiro — dizia ela.

Rosario tinha chegado muito irritada depois de um fim de semana com os durões e nos pediu pra sair da cidade por uns dias. Não nos contou o que havia acontecido, nem mesmo depois, nem para mim, mas como seus desejos não davam outra alternativa, aceitamos a proposta e fomos para o sítio. Durante o trajeto eu pensava que a irritabilidade de Rosario não era novidade, fazia tempo que estava assim, e ainda que ela consumisse drogas "socialmente", como dizem, relacionei seu estado à intensificação do hábito. Eu havia me afastado um pouco, como fazia às vezes, porque sua relação com Emilio parecia estar num desses momentos de auge, que exaltavam com muitas noitadas e muito sexo. Por isso, preferi me afastar um pouco. Mas foi justamente essa euforia que fez com que fossem submergindo em estados irascíveis e intempestivos que nos distanciaram ainda mais, até que passaram uns dois meses e eu não sabia nada deles. Uma noite Emilio me ligou e pediu que lhe fizesse companhia ao apartamento de Rosario.

— Está com eles — foi a primeira coisa que conseguiu dizer, mas não parecia se importar. Estava aéreo, quando falava via-se que pensava em outras coisas, se é que podia pensar.

— Não imagina o que passamos — disse, mas não me contou. Senti que tinha pegado muitas manias de Rosario, o mistério, a atração pelo perigo, a necessidade de mim.

— Não me abandone, velho — suplicou. — Fique comigo até ela voltar.

Não fiquei de muito boa vontade. Emilio estava insuportável, qualquer coisa o deixava fora de si, não conseguia prestar atenção a nenhuma conversa, me pediu dinheiro emprestado para comprar droga, tive de acompanhá-lo, não ficava sozinho um segundo, tinha de estar com ele até na hora de tomar banho.

— Você está um lixo, Emilio — não consegui me conter. — Que tal a gente ir pra sua casa? Lá você vai ficar melhor.

Respondeu-me com duas patadas, mas depois me segurou abraçado, chorando, suplicando, pedindo perdão, que fizesse o favor de acompanhá-lo até ela voltar, e não fui capaz de deixá-lo, me doía vê-lo assim. Além disso, eu também tinha medo, tinha um pressentimento, e não estava errado, de que mais cedo ou mais tarde acabaria como ele.

Dentro de três dias mais ou menos chegou Rosario nos pedindo que saíssemos da cidade. Estava cheia de raiva e pediu que não perguntássemos nada, entramos no carro e partimos. Como Emilio andava muito nervoso, preferiu ir atrás, e fui na frente com Rosario, e apesar de eu ter pedido para dirigir, ela insistiu em ir dirigindo, e se normalmente era uma louca ao volante, dessa vez perdeu toda a noção da velocidade, do controle e do respeito. Emilio teve a ousadia de reclamar.

— Você vai matar a gente ou o quê? — disse. — Vai devagar que ultimamente ando muito nervoso.

Eu quase me encolhi no banco, me agarrei nas laterais e estiquei as pernas como se pudesse frear com elas. Mas não foi necessário, porque Rosario freou tão de repente, tão de repente, que Emilio foi parar na parte da frente do carro, entre mim e ela, tão de repente que o carro de trás bateu na gente, mas Rosario pareceu não se importar com o estrondo de vidros e latarias, mas Emilio, pobre Emilio.

— Você está muito nervosinho para o meu gosto, seu veado! — Rosario gritou na cara dele. — Por que não vai caminhando pra relaxar?

— Caminhando?! — disse Emilio. — Não começa, hein?

— Não — disse ela —, não sou eu quem começa nada, é você que começa e me deixa assim. Desce logo, filho-da-puta!

— Não é para tanto, Rosario — me intrometi.

— Vê se não se mete ou vai descer também — ameaçou.

Para piorar, o dono do carro que vinha atrás começou a bater no vidro da janela de Rosario, e enquanto ela abria a janela, fiz sinal para o cara ir embora. Ele não sabia no carro de quem havia batido.

— Então, senhorita, como fazemos? — disse educadamente. — Parece que você freou intempestivamente, não?

— Como é que é? — disse Rosario. — Olhe aqui, meu senhor, freei do jeito que me deu vontade, ou existe algum regulamento sobre frear?

— Quem bate atrás paga — disse Emilio ainda embolado entre mim e Rosario, enquanto eu continuava fazendo sinais para que o cara fosse embora.

— Não se meta, Emilio, que o carro é meu! — disse ela. — Vamos ver a merda que o senhor fez! — disse ao homem e saiu do carro com a bolsa, não sem antes se certificar de que estava com a pistola.

— Rosario! — gritamos os dois inutilmente.

O que aconteceu lá atrás não pudemos ver muito bem porque o vidro, ainda no lugar, ficou quebrado. Apenas a imagem de Rosario grudada à do sujeito. O que conseguimos escutar foi um tiro, que nos deixou perplexos, imaginando o pior. Ela entrou correndo no carro e bateu a porta com violência.

— Passa pra trás, babaca! — disse a Emilio, que continuava na frente.

Arrancou a toda, cantando pneu e numa velocidade ainda maior do que antes.

— O que aconteceu, meu amor? O que você fez? — perguntou Emilio, mas ela não respondeu.

— Acertou com ele? — perguntei.

— Se acertei? Claro que acertei — respondeu finalmente.

— E como? — tornou a perguntar Emilio, temeroso.

— Intempestivamente — disse, mais para ela do que para nós, e não abriu mais a boca até chegarmos.

No sítio, as coisas não mudaram muito, talvez até tenham piorado. Mal entramos, Rosario foi tirando quantidades enormes de tudo o que alguém pode consumir: coca, fumo, maconha e até comprimidos de farmácia, jogou tudo sobre a cama e separou por grupos. Emilio e eu achávamos que se Rosario tinha realmente feito alguma coisa ao homem do carro, provavelmente começaria a comer, a engordar para se castigar pelo crime, mas em nenhum momento pediu comida.

— Trocou de cardápio — sussurrou-me Emilio.

— Ou talvez não tenha feito nada ao homem — disse eu. — Só tenha dado um susto no cara.

Nunca soubemos. Durante os dias em que estive com ela, Rosario quase não falou, pouco comeu e pouco dormiu. Tampouco houve sexo entre eles, não que eu tenha me dado conta. O excesso foi de droga, até eu passei dos limites. Parecíamos três suicidas, competindo para ver quem chegava primeiro à morte, três zumbis frenéticos, cortando-nos com nossa raiva afiada, com nossos ressentimentos pungentes, a ponta do silêncio nos ferindo, aplacando com droga o que sentíamos, apenas nos olhando e mandando para dentro. Depois, não me lembro em que momento, Rosario chorou, Emilio chorou, e quando não pude mais aguentar, chorei também, sem saber precisamente por quê. Se houve um motivo, se poderia dizer que foi por tudo, porque é quando todas as coisas fazem a alma transbordar que uma pessoa chora. Depois, tampouco me lembro quando, num instante de lucidez joguei a toalha e voltei a mim.

Deixei-os a sós. Durante um mês não soube nada deles, ignorava se ainda estavam no sítio e em que estado; por minha vez, tratei de me recuperar, havia encontrado minha família feito louca por minha culpa, mais ainda quando me viram chegar em casa, quando me viram cair de joelhos pedindo-lhes ajuda, ainda que eles não me entendessem, pensaram que eu queria me salvar da droga que contamina o corpo e as veias, e não da outra, da que se incrusta no coração e o corrói, a maldita droga que os mais ingênuos chamam de amor, mas que é tão nociva e mortal quanto a que se consegue nas ruas em pacotinhos.

— Como me livro disso? — supliquei a meus pais, mas eles não me entenderam.

Um dia, bem cedo, Emilio e Rosario ligaram para mim. Ainda estavam onde eu os havia deixado, e em circunstâncias ainda piores. Pediram-me que subisse, que precisavam de mim urgentemente, coisa de vida ou morte. Rosario foi quem falou:

— Se você não vier, me mato — disse com uma voz diferente da usual, com um "me mato" agonizante, mas principalmente ambíguo, com um "se você não vier" suplicante e obrigatório. Não disse mais nada, só esta frase, não precisou de mais para que eu estivesse com ela, com eles, em instantes. Embora soubesse que era ela quando a vi, seu nome me apareceu em forma de interrogação como se nunca a tivesse visto antes.

— Parceiro — disse apertando meu rosto contra o seu —, parceirinho, já chegou.

Emilio me recebeu feito um maluco. Abraçou-me e me deu uma série de inexplicáveis tapinhas nas costas, ainda que sua cara não demonstrasse alegria de me ver, e sim horror, não sei se a mim ou ao que viviam, mas o medo o deixara desfigurado, também irreconhecível. Nesse instante entendi minha família quando me viu chegando, e do mesmo jeito que fiz com Rosario, disseram meu nome em forma de interrogação, como se não reconhecessem o próprio filho. Dessa vez Emilio me veio com a história de que matara um sujeito, e depois ela esclareceu que não tinha sido ele, e sim ela, e depois finalmente ele me disse que foram os dois.

— Fui eu, parceiro — insistiu Rosario. — Sou eu quem mata.

Não pude saber se era verdade. Se o crime não passaria de produto de seus delírios, dos excessos de droga, do confinamento. Também pensei se não estariam se referindo ao homem que batera na traseira do carro, talvez ela realmente o tivesse matado, ou talvez fosse outro recente, não sei, era tal a confusão e a desordem de suas idéias que nunca pude saber o que havia passado na minha ausência. Inclusive depois, quando voltaram à sã consciência, perguntei sobre o incidente, mas nenhum dos dois lembrava de nada, a duras penas uma vaga idéia do inferno que vivemos no sítio.

A razão pela qual me chamaram fez com que eu me arrependesse de ter ido ao encontro deles. Disseram que precisavam de grana e generosamente lhes ofereci o pouco que tinha. Mas não era bem isso que queriam.

— Não, parceiro — disse Rosario —, é que precisamos de *muita* grana.

— Mas, como, quanto? — insisti.

— Muita, cara, muita grana — disse Emilio.

Mas o pior não era a quantidade, e sim a origem, o lugar onde eu, eleito unanimemente por eles, deveria cobrar essa grana, e o modo como deveria cobrá-la.

— Diga somente que vai de minha parte — falou Rosario.

— Mas por que eu? — perguntei angustiado. — Por que não vão vocês?

— Porque agora não querem me ver — explicou Rosario.

— Então por que vão dar dinheiro a você?

— Porque vou pedir — disse ela. — Lembre-se bem: tem que dizer que eu mando pedir essa grana na boa, lembre bem, na boa.

— Como assim? — perguntei de novo ainda mais angustiado. — Como assim "na boa"?

— Eles entendem, parceiro, limite-se a fazer o que digo.

— E por que não vai você? — disse a Emilio.

— Eu? — contestou o frangote. — Não vê que sou o namorado?

— Olhe, parceiro — disse-me Rosario tentando ser paciente —, se gosta um pouquinho de mim, faz esse favor.

"Se gosta um pouquinho de mim", pensei, "o amor esgrimindo uma de suas piores armas". É claro que gostava dela, mas o quanto ela gostava de mim para me meter numa roubada daquelas? Até onde deveria me rebaixar para justificar a ela ou a mim mesmo o seu "se gosta um pouquinho de mim..."? Quanto vale a chantagem no amor, no qual vale tudo? Será que alguém ama os covardes? O último da fila?

— Mas pra que tanta grana? — resolvi perguntar outra coisa.

— Não pergunte besteira — retrucou Emilio. — Você vai ou não?

— É claro que ele vai — respondeu ela e pegou minha mão com carinho. — Claro que você vai.

Seu jogo sujo me fez descobrir o auge do amor por alguém, o ponto crítico no qual já não me importava morrer, desde que fosse por ela. Eu a via segurando minha mão entre as suas, com os olhos ternos, o olhar mentindo para mim, a língua molhando inutilmente os lábios secos, e não podia, não queria lhe dizer não. Não me importava o descaramento com que me usava, nem o falso amor daquelas mãos, daqueles olhos e daquela língua. Se já estava perdido, nada mais poderia perder perdendo-me.

— Então, o que tenho que fazer?

— Nada — disse ela como se fosse verdade. — Só pergunte por ele.

— E como devo chamá-lo? — perguntei. — Senhor, doutor, dom...

— Como você quiser — disse ela, docemente.

— E se me matarem? — perguntei embrutecido por sua doçura.

— Enterramos você — respondeu Emilio mijando-se de rir.

Ela apertou minha mão com força, olhou para mim enganando-me de modo ainda mais amável, e sua língua assassina tornou a sair, desta vez um pouco mais úmida:

— Se matam você, mato eles e depois me mato.

"Ele" não cheguei a conhecer. Para minha sorte, a missão foi um fracasso, uma tentativa que não passou da portaria do edifício onde supostamente se refugiavam porque já estavam atrás deles. A única coisa que consegui foi que cinco monstros com coletes à prova de balas me arrastassem até uma garagem para me submeter a um interrogatório de uma hora, intimidado por suas armas, insultos e risinhos escabrosos. Mas o pior é que tudo foi em vão: quando voltei para onde estavam Rosario e Emilio, ainda sem poder me manter de pé de tanto tremor nas pernas, encontrei-os ainda mais ausentes e mais estranhos do que nunca.

— Que grana? — perguntou Emilio.

— Você está vindo de onde? — perguntou Rosario.

— Você fumou bagulho ruim, cara — disse ele.

— Você tá maluco — disse ela, e não voltaram a tocar no assunto.

Rosario tinha razão a respeito do lugar onde eu estava. Só eu mesmo para ter dado importância a uma dupla de degenerados que nem sabia em que lugar do planeta estava. "Se gosta um pouquinho de mim..." Pensei: "Podiam ter me matado, e esses dois aí não desceriam da nuvem deles por nada", pensei com raiva. "Estou maluco", pensei com raiva e tristeza.

11

Eu aqui no hospital, esperando por ela, lembrando dela e até fazendo planos e preparando frases para quando ela ressuscitar, tenho a sensação de que tudo continua igual. Que estes anos que estive sem ela não passaram e o tempo levou de mim o último minuto em que estive com Rosario Tijeras. Este último instante no qual, diferentemente dos outros, não me despedi. Tantas vezes dissera "Adeus, Rosario", vencido pelo cansaço de não tê-la, mas a esses adeuses sempre seguiam muitos "voltei", e para dentro de mim o eterno "não consigo!". E aqui sentado dou-me conta de que esse adeus definitivo tampouco foi o último, outra vez voltei, outra vez a seus pés esperando sua vonta-de, outra vez pensando quantas vezes mais faltarão para chegar à definitiva e última vez. Quisera ir embora, deixá-la como em tantas outras ocasiões, já fiz o bastante, mis-são cumprida, está em boas mãos, nas únicas que podem fazer alguma coisa por ela, não adianta eu continuar aqui, com o comportamento de antes, Emilio é quem deveria estar aqui, ele tem mais compromisso, mas eu, que diabos estou fazendo aqui?

— Parceiro — lembrei. — Meu parceiro.

Meus pés não atendem à vontade de minhas in-tenções. A duras penas me levanto, somente para ver que tudo continua igual, a enfermeira, o corredor, o amanhe-cer, o pobre velho cochilando, o relógio de parede e suas quatro e meia da manhã. Da janela, uma nuvem ma-drugadora nos deixa sem montanhas, apaga o presépio e os bairros importantes de Rosario, provavelmente nos deixará sem sol hoje e até trará algum aguaceiro, desses que arrastam lodo e pedras e deixam a impressão de ter chovido merda.

— Não gosto quando chove — disse Rosario certa vez.

— Eu também não. — E que fique claro que não disse isso para agradá-la.

— Parece que lá em cima os mortos estavam chorando, né? — perguntou.

Devolveram-me Rosario pela metade depois da temporada de drogas no sítio. Emilio a deixara no apartamento dela e me ligou para avisar. Ele não estava em melhores condições, mas pelo menos tinha um lugar para ir e não se sentir sozinho.

— Cuide dela, meu velho — pediu. — Eu não posso mais.

Voei para ela. Deixara a porta aberta e quando entrei a encontrei olhando a chuva, sem roupa da cintura para cima, só com a calça jeans e descalça. Ao perceber minha presença, voltou-se para mim e os seios me olharam, os peitões morenos eletrizados pelo frio. Não a conhecia assim, talvez parecida com a imaginada durante meu sexo solitário, mas assim, tão próxima e tão nua...

— Por Deus, Rosario, você vai ficar doente — falei.

— Parceiro — respondeu ela e me envolveu num abraço, como sempre que se via fatalmente perdida.

Agasalhei-a, levei-a até a cama, botei sobre ela uma manta, medi com a mão algum rastro de febre nas suas bochechas, acariciei-lhe os cabelos para trás, conversei com ela docemente, com o tom de veado que ela tanto odiava, mas que não podia evitar ao vê-la assim, caída, abatida, debilitada, mas, sobretudo, tão só e tão perto de mim.

— Estou cheia, parceiro, cheia de tudo — a voz quase não saía.

— Vou cuidar de você, Rosario.

— Vou largar tudo, parceiro, tudo. Vou largar tudo isso que está me matando, vou largar esta vida maluca, vou largar os caras, vou deixar de ser má, parceiro.

— Você não é má, Rosario — disse-lhe com convicção.

— Sou, sim, parceiro, muito ruim, você sabe que sou.

Pedi-lhe que não falasse mais, que descansasse, que tentasse dormir. Então fechou os olhos em obediência, e a vi tão pálida, tão acabada, tão sem vida que não pude deixar de imaginá-la morta, veio-me um medo horrível que me fez apertar suas mãos e depois me inclinar para dar-lhe, sem nenhuma vergonha, um beijo na testa.

— Vou cuidar de você, Rosario.

Num suspiro soltou parte do cansaço, senti que recobrou o ar, os bons ares com que sonhava, o ar de seus novos propósitos, senti que soltou minha mão e que descansava, a cobri até o pescoço, fechei as cortinas, caminhei silenciosamente até a porta, mas não fui capaz de deixá-la só, sentei-me ao seu lado e fiquei ali olhando-a.

— Eu te amo muito, Rosario — disse em voz alta, mas com a certeza de que ela dormia profundamente e não me escutava.

Fiquei lá durante os dias seguintes para cuidar dela e acompanhar seu estado. Foram dias muito difíceis. Rosario afundava vertiginosamente em sua depressão e de quebra me arrastava junto. Tentava sem sucesso deixar as drogas, à noite me fazia sair, pressionado por seu desespero, para conseguir alguma coisa nas "bocas" mais tenebrosas. Mas na manhã seguinte voltava a chorar a culpa de sua recaída, amaldiçoava a vida que vivia e novamente jurava boas intenções.

— Não sei o que é melhor, me matar ou ficar assim.

— Não diga bobagem, Rosario.

— É sério, parceiro, é uma decisão muito difícil.

— Então fique assim.

Eu tinha certeza de que sua angústia não se devia apenas à droga. Foram as circunstâncias que a levaram a ela, precisamente as que submergiram Rosario no fundo daquilo que já estava cheio. A droga foi o último recurso para atenuar o dano que a vida já lhe havia feito, a cerca falsa que uma pessoa constrói à beira do abismo.

— Tem que haver uma saída — dizia eu. — A famosa luz no fim do túnel.

— É a mesma coisa.

— Não estou entendendo, Rosario.

— Que a famosa luz não ilumina nada de novo, nada diferente do que havia ao entrar no túnel.

Se alguém for conferir, verá que é verdade. Não há grande diferença entre as paisagens de entrada e de saída. Então só resta a mentira como única motivação para viver.

— Se o túnel é longo como o seu, pode-se entrar com chuva e sair com sol, isso sim é possível.

— E quem me garante, parceiro, que não volta a chover?

Fez-me lembrar das baleias teimosas que não querem voltar ao mar. Por mais que eu tentasse arrastá-la para a luz, ajudada por meu peso ela procurava se afundar mais, como se fosse um propósito. Finalmente aceitei que não podia fazer nada por ela, que minha única alternativa era estar a seu lado e esperar que, em sua queda, no mínimo, batesse e voltasse.

— Se não mentir pra você mesmo, e se não quiser mesmo, nunca vai conseguir, Rosario — foi a última coisa que lhe disse antes de me resignar.

Eu mesmo optei por esta fórmula. Sonhei com uma Rosario recuperada, cheia de vida, e a mentira num ponto extremo: apaixonada por mim. Uma ilusão que durou apenas o tempo de uma pergunta:

— O que você soube de Emilio?

Disse a verdade: nada. Mas não lhe contei por que não sabia nada dele. Na minha resposta deveria ter-lhe falado sobre meu isolamento e dedicação a ela, das noites que passei observando-a dormir, das alternativas que busquei para tirá-la do buraco, do prazer que me dava estar a sós com ela, apesar da agonia. Por isso e por muito mais — porque não lhe mencionei meus ciúmes — não sabia nada de Emilio nem do mundo de fora, nem sequer o mês, o dia e a hora, nem sequer meu nome porque a única coisa que escutava era "parceiro", "parceirinho", em tom de súplica e lamento.

Depois de um tempo, abrimos as janelas. Era um bom sinal de nossa melhora. O apartamento se encheu de uma luz que então nos pareceu mais forte que o normal. Já havíamos nos habituado à escuridão dia e noite, à clausura dos desesperados, a não ter tempo nem lugar neste mundo. Mas de repente senti o correr de uma cortina e depois de outra, e depois do resto. Era ela quem as abria, de uma puxada só, com um forte impulso. Fiquei com os olhos apertados pela luz do sol ou talvez porque a esperança voltava a brilhar nessas janelas.

— Este apartamento está cheio de poeira — disse ela. — Precisa de uma limpeza geral. Como diz dona Rubi: "Que a pobreza não se confunda com a sujeira."

— Desculpe, Rosario — disse-lhe —, mas de que pobreza está falando?

— Tudo isso aqui é emprestado, parceiro — respondeu. — Mais dia, menos dia, lhes dá na telha e me tomam tudo.

Entrou na cozinha e em instantes saiu de lá com aspirador de pó, panos, vassoura e balde, prendeu o cabelo, jogou um pano sobre os ombros, começou a ligar o aparelho mas, de repente, se deu conta de meu espanto.

— O que você está fazendo aí parado? — perguntou.

— O que você vai fazer, Rosario?

— Você quer dizer o que *vamos* fazer — corrigiu. — Vamos fazer faxina, parceirinho, e não me venha com babaquices, vem logo e manda ver.

— Mas por que não chama a mulher que sempre faz a faxina?

— Que mulher merda nenhuma! — disse. — Eu me encarrego da sala e da cozinha e você fica com os quartos. Mas vai logo que é pra hoje!

Entregou-me os utensílios, ligou o aspirador, mas parecia que a máquina era ela, e era a ela que chegava a energia da tomada. "Rosario, faxinando?", pensei enquanto entrava na parte que me cabia, "não sei se é para se preocupar ou pra morrer de rir." Mas fiquei preocupado mesmo quando me vi carregando os aparatos que Rosario tinha me entregado e que eu nem suspeitava de como usar. "Se Emilio me visse", pensei, e depois não pude deixar de pensar seriamente em Emilio.

Depois, ele mesmo me contaria todas por que tinha passado. Ou em suas próprias palavras: pelas quais fizeram-no passar, porque a família tentou que, entre médicos, psicólogos, terapeutas, alguém lhe sugerisse um tratamento fora do país, ou, de acordo com as intenções da família dele, fora de Rosario; no entanto, apesar de aparentemente fora do ar, teve sempre força para pronunciar um definitivo "não vou, não vou e não vou", que levou a família a oferecer sua proposta ao outro lado, quer dizer, a tirar Rosario de circulação. As conseqüências, como era de esperar, não podiam ser piores. Quando a vi sair do quarto pensei que tivesse tido outra recaída, mas eu ainda não sabia que tinha sido um telefonema da família de Emilio. Saiu puta da vida.

— Cambada de filhos-da-puta!

— O que é que foi, Rosario?

— Vou matar essa gente! Vou derrubar um por um, malditos!

— Mas o que foi que aconteceu? Quem era? Eram os caras?

— Os caras? Que caras? Esses filhos-da-puta são muito piores do que os caras!

Enquanto se queixava, pude decifrar do que e de quem se tratava. Ficou enlouquecida, passava o tempo e não se acalmava, ao contrário, ficava pior; preocupei-me com sua saúde, com seu estado, com sua recuperação, pensei que perderíamos todo o trabalho que com tanta dificuldade tínhamos feito. Tentei inutilmente tranqüilizá-la, mas, como a conhecia, sabia que era só uma questão de tempo, mas ela não parava.

— Malditos filhos-da-puta!

— Não faça tanto caso deles, Rosario.

— Caso? Sabe o que eles disseram? Sabe o que respondi a essas gonorréias? Que enfiassem o dinheiro, as boas intenções, o "só queremos ajudar", esse "é para o bem de todos", "somos gente boa", os sobrenomes, a reputação, que pegassem tudo isso, fizessem um rolinho e enfiassem no cu! Ah, e disse também que, se sobrasse espaço, enfiassem Emilio também.

— Você disse tudo isso?

— E outras coisas mais!

Soltei uma gargalhada tão grande que Rosario não pôde deixar de se contagiar, e quando a vi rindo me tranqüilizei, o fogo começava a se apagar, ainda que tivesse certeza, e não estava enganado, de que a casa de Emilio começava a queimar, mas continuei rindo ao imaginar as caras deles e a confusão que a irreverente língua de Rosario estaria causando, ou talvez, e isso pensei depois com certo remorso, meu prazer tinha mais a ver com Emilio no intestino de sua família do que com os impropérios da minha Rosario.

No entanto, o incidente teve repercussões em seu comportamento. Desde o dia em que resolveu abrir as janelas até o telefonema da família de Emilio, o estado de ânimo de Rosario era vigoroso, e portanto o meu também. Dedicamo-nos exclusivamente a nós mesmos, ainda isolados do mundo mas saindo a salvo da escuridão. Nunca antes, nem depois, tínhamos ficado tão bem um com o outro, nem sequer nas horas da noite que passamos juntos, essa maldita noite que depois voltaria e me faria acreditar que por possuir Rosario nua debaixo de meu corpo eu era feliz. Não, agora, ao olhar para trás, não me resta a menor dúvida de que meus melhores momentos com ela foram quando juntos buscamos a luz nesse túnel no qual Rosario não acreditava. Não chegamos a alcançar o esplendor, mas a trajetória que conseguimos percorrer foi suficientemente luminosa para deixar-me embevecido pela vida. Aos poucos Rosario passara da ansiedade à ternura, surpreendeu-me com novas facetas que eu nunca imaginaria conhecer, muito menos saborear. Se alguém a conhecesse naqueles dias, jamais poderia imaginar a agressividade, a violência, a luta com a vida. Até eu cheguei a me iludir com a idéia de Rosario curada do passado. Usava um tom mais doce ao falar, que fazia par com o olhar, com palavras tranqüilas me contava seus planos, como seria a vida nova, o que largaria definitivamente, o que apagaria de sua história para começar de novo.

— Este vai ser meu último crime, parceiro — dizia-me. — Vou matar tudo o que veio antes.

Tinha recuperado a beleza brusca e novamente a palidez abriu passagem à sua cor mestiça. Tinha voltado a seus encantos, à calça jeans apertada, às camisetinhas decotadas, aos ombros de fora, ao sorriso com todos os dentes. Tinha voltado ao que era antes, mas diferente, mais gostosa, mais disposta para a vida, mais apetitosa para ser amada, e isso era justamente a única coisa que não mudava nela. Como não amá-la cada dia mais, se sua nova atitude se parecia ainda mais com o que eu sonhava, com o que sempre esperei dela? Como amá-la e não me perder, como deixar de ser o seu "parceiro" e ser exclusivo, imprescindível, parte, motivo, necessidade, alimento de Rosario? Como fazer com que soubesse que meus abraços tinham vontade de ficar abraçados para sempre, que meus beijos na sua bochecha queriam deslizar até sua boca, que minhas palavras ficavam sempre pela metade; como lhe explicar que a possuíra tantas noites e passeara com ela por minha existência, imaginando-a em meu passado e contando com ela para o resto de minha vida? No entanto, ainda que a visse renovada, com planos e propósitos, ainda com sabor de Emilio até o pescoço, com Ferney cada vez mais longe de suas intenções, e os durões escondidos do governo, ainda assim o dilema continuava, e ainda que tudo mudasse, tudo continuava igual para mim, como no primeiro dia em que acordei assustado, aparentemente apaixonado por Rosario Tijeras.

O que no início foi uma clausura pavorosa transformou-se em férias que qualquer um quereria ter para sempre. Sem sair do apartamento, sentia que saía para passear de mãos dadas com Rosario, ao escutar seu novo tom de voz, sentia-me em plena planície verde, com uma brisa fresca e os braços abertos como um cometa esperando o vento. Queria que a vida fosse assim para sempre, sem intrusos, sem os inconvenientes habitantes que viviam em Rosario. Cheguei até a me perdoar por desejar ter perdido meu melhor amigo, por deixar de lado minha família, por ter abandonado tudo por uma mulher, achava que toda a minha entrega valia a pena, antes de traidor e ingrato seria redentor, que em nome do amor todos os meus pecados seriam perdoados. Depois soube que o perdão tinha chegado por comiseração, porque aqueles com quem falhei compreenderam o equívoco que eu não via justamente porque era parte dele, mas um equívoco que não demorei muito a ver, porque depois de tantas noites estupefato escutando Rosario divertir-se com as próprias histórias, com os planos e sonhos, depois de muitos abraços para me comprometer com suas boas intenções, quando já a imaginava recuperada de seus males, uma noite o telefone nos despertou e atendi, justamente para que não restasse nenhuma dúvida de meu engano, atendi e fui acordá-la.

— É uma mulher — disse ainda esperando que fosse um engano. — Não se identificou.

Rosario acendeu a luz do abajur e ficou pensativa; achei que estivesse dando um tempo para acordar direito, mas seu encrespamento tinha a ver exclusivamente com o telefonema.

— Me dá — disse ela, e depois veio o pior: — Fecha a porta.

Coloquei minha extensão no gancho sem muita vontade, queria ter certeza do motivo de minha aflição, mas não me permiti algo tão direto; decidi então por algo menos atrevido, escutar por trás da porta, mas não consegui entender muita coisa, só uma série de "sim, sei, sim...", que à medida que escutava me fazia deslizar no chão, onde terminei, par a par com meu ânimo, depois de tantos "sins" e depois de um fulminante "diz pra eles que estou indo pra lá". Vi que acendia luzes, abria gavetas e portas e até escutei o barulho da torneira. Não me lembro quanto tempo se passou até que saísse correndo com a bolsa de viagem, com as chaves do carro na mão, tão distraída e apressada que nem me viu jogado à sua porta feito um cachorro. Não se despediu nem deixou bilhete, de qualquer modo, nada disso me fez falta, não precisava de nenhuma explicação, a vida havia retomado seu curso.

— Outra vez — disse a mim mesmo, sem conseguir me frear.

12

Com o rabo entre as pernas, como o animal que me sentia, voltei para casa. Não precisei dizer nada, na minha cara podia-se ler tudo, e a leitura devia ser patética, porque em vez de broncas recebi risinhos debochados e tapinhas nas costas, ainda que nada disso tenha aliviado o cansaço que eu sentia. A sensação era a de ter me chocado em alta velocidade contra um muro, ficando tão perturbado que não podia definir sentimentos, tampouco entender a situação que me havia levado a sofrer tamanho choque, tentava colocar as idéias em ordem para fazer um diagnóstico do meu mal, mas não fui eu e sim alguém de minha família que acertou quando decidiram trazer o assunto à tona.

— Você não é viciado em drogas, mas em merdas — disse alguém.

Quem cala consente, e tive de calar. Doía-me reconhecer, mas era verdade. Não tive a coragem de perguntar a eles como se curava esse hábito, qual era o tratamento, onde, quem poderia me ajudar, e pensei se não existiria um lugar que oferecesse algum tipo de terapia, já estava na hora da humanidade inventá-la, porque do que tinha certeza era que eu não era o único, somos milhões de comedores de merda que temos de nos curar em silêncio, ou, como acontecera tantas vezes, morrer de overdose fecal.

"Para alguma coisa deve servir tanta merda", consolei-me. "Por isso a utilizam como adubo."

Hoje, repassando meus momentos mais importantes com Rosario, acho que não me recuperei de meu vício. Aqui estou novamente, como em todas as outras vezes em que ela precisou de mim, não tão miserável mas sempre atento ao destino dela, como se fosse o meu, se é que não o é.

— Você e eu parecemos almas gêmeas, parceiro — disse-me um dia em que estava muito pensativa.

— Mas somos muito diferentes, Rosario.

— Sim, mas é que é estranho, veja Emilio, por exemplo.

— Como assim? — perguntei.

— Ele também é diferente de mim, mas com ele é tudo muito diferente, me entende? — tentou explicar.

— Não entendi nada, Rosario.

— Quero dizer, é como se você e eu fôssemos duas faces da mesma moeda.

— Tá.

— Como "tá"?! — disse ficando uma fúria. — Tá me entendendo ou não?

Claro que a entendia, mas não estava de acordo com a explicação, mas como sempre não me atrevi a dizer que a questão não era se éramos parecidos ou não, mas sim uma questão de carinho, e que se achava diferente com Emilio era porque assim deviam ser seus sentimentos, porque a pessoa acaba ficando parecida com aquela que ama. Senti vontade de dizer-lhe algo assim, mas meu "tá" já a deixara furiosa, então ela me largou sozinho, não sem antes jogar na minha cara o que eu era.

— Você tá ficando babaca, parceiro — disse. — Já não dá pra conversar contigo.

Muitas vezes me deixou assim, a ponto de lhe dizer uma grosseria com a qual encobriria o que realmente queria dizer. Com o conhecido risinho estúpido que eu costumava usar para justificar uma atitude e, de quebra, deixar claro que ela tinha razão.

"Não estou virando um babaca", pensei. "Você me deixou assim, Rosario Tijeras."

Depois que voltou a procurá-los, passaram-se uns dias e voltou ao de sempre. Um telefonema de madrugada, as frases esquivas de culpa, o tom conciliador, "parceiro, parceirinho", um cumprimento sem perguntas nem respostas, afinal eu já sabia de tudo, nada ia mudar. Rosario tornava a acomodar as peças esparramadas sobre o tabuleiro que tinha deixado cair quando saiu.

— E Emilio? — perguntava sempre no final.

Eu sabia o que vinha em seguida. Duas ou três coisas que eu contava sobre ele, evasivas, "por aí, faz muito tempo que não falo com ele", só a informação necessária para não ser complacente nem descortês, simplesmente as palavras de que ela precisava para me pedir que dissesse a Emilio para ligar pra ela.

— Pede a Emilio pra me ligar — disse antes de desligar, como se fosse algo espontâneo, como se eu não soubesse que essa tinha sido a única intenção de sua ligação.

E ainda que tenhamos caído, Rosario teve de ter mais paciência para conseguir desta vez. Na verdade, eu já estava ferido de morte, não por suas armas, mas, como sempre, por minhas próprias ilusões, nunca antes me imaginara tanto com ela, por isso caí duro de minhas nuvens, queria recuperar-me da porrada, e sua presença, em vez de ajudar a sarar, machucava. Fui muitas vezes arredio com ela, mas não tanto quanto minha ferida exigia, só o suficiente para retardar minha submissão, para lhe fazer perceber que alguma coisa estava acontecendo, chiliques inúteis de um apaixonado para chamar a atenção.

— O que você tem, parceiro? Você não era assim.

A preocupação dela ia além desse comentário, mas o que mais eu podia esperar se nunca lhe dizia a verdade, se minha imbecilidade chegava ao extremo de esperar o milagre de que adivinhasse? Sentia-me cansado de tudo, mais de mim do que do resto, mas o problema do amor é esse, a entrega, a cadeia, o cansaço que provoca a escravidão de nadar contra a corrente.

Reconquistar Emilio também não foi muito fácil para ela. A família dele o mantinha cercado, sob tratamento médico e psiquiátrico, pretendiam tirar Rosario dele nem que fosse na marra.

— Adivinha a última do meu pai — contou-me ele um dia desses. — Disse que se eu voltar a me encontrar com ela, me manda estudar em Praga.

— Em Praga, da Tchecoslováquia?

— Imagine.

Nem a Praga nem a lugar nenhum: Rosario voltou a ganhar, primeiro eu, depois ele, como de costume. De nada serviram as ameaças e terapias, e, pior, de nada serviram a mim e a Emilio as experiências vividas com Rosario que nos deixaram pendurados na corda bamba. Eu me negava a passar-lhe o telefone, não retornava para não me comprometer, é claro que quando alguém da família atendia ela desligava, esperava que a empregada, sua única cúmplice, atendesse, mas de minha parte dizia: "Diz que não estou." "Mandou dizer que ela sabe que você está." "Então diz que estou doente." "Mandou dizer que sabe que você não está doente." "Diz que morri!" "Mandou dizer que cuidado pra não morrer porque ela não sabe viver sem você!" E assim foi todos os dias, falando comigo aos pouquinhos, com mais paciência que eu, agüentando, porque essa foi a primeira lição que a vida lhe ensinou. Até que a resistência cedeu: "Diz que não estou." "Mandou dizer que tá te esperando no cemitério!" "No cemitério? Como assim? Passa o fone!"

— Alô! Rosario! O que é que você vai fazer?

— Parceiro — me disse. — Finalmente.

— Que é que tá acontecendo, Rosario? O que é que você quer?

— Preciso que me acompanhe ao cemitério, parceiro.

— Como assim? Quem morreu?

— Meu irmão — disse com voz triste.

— Como assim? Seu irmão já morreu há muito tempo.

— Sim — explicou —, mas é que tenho que ir lá trocar o CD para ele.

Tinha me implorado para ir com ela, que era aniversário dele e não conseguiria ir sozinha.

Os cemitérios me dão uma sensação parecida à das montanhas-russas, uma vertigem deliciosa. Assusta-me um lugar com tantos mortos, mas me tranqüiliza saber que estão bem enterrados. Não sei onde reside seu encanto, talvez no alívio de saber que ainda não estamos com eles, ou talvez o contrário, no afã de querer saber o que se sente estando ali. O cemitério de São Pedro é particularmente bonito, muito branco e com muito mármore, um cemitério tradicional onde os mortos dormem uns em cima dos outros, diferente dos modernos que mais parecem jardineiras cafonas. Também há mausoléus onde descansam algumas personalidades agrupadas por famílias, vigiados por enormes estátuas de anjos da guarda e do silêncio. Rosario me levou até um sem estátuas mas protegido por dois rapazes.

— É aqui — disse solenemente.

Os rapazes ficaram aprumadas ao vê-la, como dois guardas de honra.

— E quem são esses dois? — perguntei.

— Os que cuidam dele — respondeu.

— Como assim?

— Mesmo que a gente tenha feito uma boa limpa neles, ainda tem muito vacilão por aí — explicou. —

Além disso, os satânicos gostavam tanto dele que uma vez tentaram roubar seu corpinho. Coitados. E aí, rapazes? Como é que é?

— E aí, Rosario? — responderam ao mesmo tempo. — Tudo bem, né?

Eu estava tão absorto com o que estava vendo que pensei que a música vinha de fora, mas quando ela abriu a bolsa e lhes entregou os CDs, me dei conta de que a música saía da própria tumba, um barulho horrível que vinha de um aparelho de som protegido por uma grade e camuflado entre flores. Rosario trocou algumas palavras com eles, depois se afastaram um pouco, o bastante para lhe dar privacidade para rezar. Eu também me aproximei, não me ajoelhei mas pude ver o que estava escrito na lápide: "Aqui jaz um cara maneiro", e ao lado uma foto de Johnefe, meio embaçada e amarelada. Aproximei-me apesar do som alto.

— É sua última foto — disse Rosario.

— Parece morto — falei.

— Estava morto — confirmou enquanto baixava um pouco o volume. — Foi quando levamos ele pra dar uma volta. Depois que o mataram, o levamos aos lugares que ele mais gostava, botamos música pra ele, tomamos um porre, dançamos, fizemos tudo o que ele gostava.

Eu já entendia a fotografia. Em meio à nebulosidade, pude distinguir algumas caras conhecidas, Ferney, outro de que não me lembro o nome e Rosario. Deisy não vi. Tinham mais cara de mortos do que o próprio morto, nas mãos garrafas de cachaça, um gravador gigante nos ombros e Johnefe no meio suspenso pelos braços.

— Pobrezinho — disse Rosario e depois se benzeu.

Arrumou um pouco a estranha mistura de rosas e cravos que enfeitava a tumba, tornou a subir o volume do som e com um gesto triste lançou-lhe um longo beijo, com tanto amor que eu teria desejado estar deitado ali.

— Até breve, rapazes. Cuidem dele, hein?

Quando os anjos da guarda levantaram os braços para se despedir, pude ver um par de pistolas abaixo de seus umbigos, enfiadas nos jeans. Peguei Rosario pela mão e caminhei rápido, queria sair dali, estava tão estressado que não pensei quando ingenuamente perguntei a Rosario:

— Você acha que seu irmão pode descansar em paz com essa música pesada?

Vi seu olhar bravo através dos óculos de sol. Já estava muito tarde para lhe explicar que era brincadeira. No entanto, sua reação não foi tão violenta quanto eu esperava, não podia dar-se a esse luxo depois de tanto tempo me procurando. Isso me fez sentir bem.

— Que babaquice você tá dizendo, parceiro! — disse soltando minha mão, avinagrando-me a dose de triunfo que eu acabava de provar.

Essa visita foi o pretexto para voltar, para estarmos juntos pela última vez, porque a partir daí o que se deu foi uma longa despedida, o rompimento de um vínculo com o qual eu havia imaginado viver para sempre. O fato é que ali estava novamente o casal formado por três.

— Agora só o que é saudável — disse-nos Emilio. — Bem ajuizados.

— Por mim tudo bem — disse eu.

— Por mim também — concordou Rosario, mas não foi muito convincente.

Foram promessas que ajudaram a justificar nossa volta, as boas intenções com as quais sempre se engana aquele que tem uma recaída.

Emilio apareceu poucos dias depois. Não soube como havia sido o reencontro mas suponho que igual aos anteriores. Ele, sim, quis saber como foi o meu, então lhe contei do cemitério.

— E você viu o sobrenome? — perguntou agarrando-me pelos ombros.

— Que sobrenome? — perguntei totalmente distraído.

— O de Johnefe, o de Rosario.

— Nem me toquei em ver sobrenome.

— Porque é *muito* babaca mesmo — disse segurando a própria cabeça. — Essa era a oportunidade de ver o sobrenome de Rosario.

— E pra que você quer saber o sobrenome dela? — perguntei. — Você está parecendo a sua mãe.

— Não é isso, cara — esclareceu. — É que não saber o nome todo da namorada é no mínimo esquisito, né? Ou não?

— Rosario Tijeras.

— Porra, meu irmão! — deu-se por vencido. — Por que você não vai até lá comigo e eu olho?

— Porque lá eu não volto — falei seriamente. — Quem se aproximar de lá vai sair torrado.

Propus a Emilio que espiasse a carteira de Rosario se queria tanto saber o sobrenome dela, que olhasse na carteira de identidade ou em qualquer outro documento.

— E você acha que já não pensei nisso? — disse. — Já reparou que ela não larga a bolsa nem pra tomar banho?

— Deve ser por causa da pistola — sugeri.

— Vai saber o que mais tem ali. De repente, quando estiver dormindo...

— Pior ainda. Do jeito que ela tem sono leve...

— E como você sabe que ela tem sono leve? — perguntou Emilio mudando de tom.

"Porque não parei de olhá-la enquanto dormia", pensei, "e vi que seus olhos se mexiam mesmo fechados.

Porque mal passei a mão sobre sua pele nua e os abriu para me lembrar que não queria mais, que o que tinha acontecido foi só naquela noite, uma brincadeira de amigos, um deslize de bêbados."

— Desconfiada do jeito que é... — disse, fugindo da memória, voltando à pergunta de Emilio.

Agora me lembro que dias depois tivemos uma oportunidade. Ela descera para pegar alguma coisa na portaria e deixou a bolsa ao nosso alcance. Enquanto Emilio fazia a busca, eu vigiava a porta, atento ao elevador.

— E aí? — perguntei do meu posto. — Alguma coisa?

— Só porcarias — respondeu Emilio. — A pistola, um batom, um espelhinho...

— Na carteira de dinheiro, babaca! Olha na carteira.

— Também não tem nada — disse. — Um santinho de Nossa Senhora, outro do Menino Jesus, uma foto de Johnefe, filha-da-puta!

— Que foi?

— Uma foto do Ferney, babaca!

— E daí?

— Como e daí? — respondeu. — Tem foto dele e não tem foto minha. Agora ela vai ouvir.

Fechei a porta do apartamento e abandonei meu posto de vigia. Tirei a bolsa de Emilio e pedi que olhasse para mim.

— Olhe, Emilio: se você abrir a boca, se você disser alguma coisa, os mortos seremos nós, entendeu?

— Mas como é que ainda tem foto desse cara?

— Entendeu? — tornei a perguntar enfaticamente.

A coisa parou ali. Emilio teve de ficar com a raiva e o segredo dele. Definitivamente Rosario sabia cuidar de seu mistério, era impossível saber mais do que ela mesma contava. E agora, pensando bem, não sei se tinha pensado antes no local onde estaria sua bolsa, quem teria ficado com ela no meio daquela confusão na discoteca. Talvez tenha ficado lá mesmo ou os que estavam com ela a pegariam... mas se todos fugiram, podem tê-la roubado, estaria ainda com a pistola? Talvez a pegassem para desarmá-la, só averiguando depois o que aconteceu.

Agora havia mais movimento no corredor, olhei para ver se encontrava algum rosto conhecido, quem sabe o médico que a estava operando, quem sabe Emilio, mas só me era familiar a enfermeira de turno que finalmente acordara. O velho continuava dormindo e o relógio continuava nas quatro e meia. Olhei pela janela e tinha sol. Provavelmente hoje não vai chover, mas definitivamente um dia desses ia ter de comprar um relógio para mim.

13

Uma semana antes de matarem Ferney o vimos rodeando o apartamento de Rosario, mas sem se atrever a entrar. Estacionava a moto a umas duas quadras e depois se escondia atrás das árvores mais próximas do edifício dela, mesmo assim conseguimos vê-lo. Da primeira vez pensamos que quando visse Emilio sair, ele entraria, mas não foi assim; durante os dias seguintes ficou no mesmo lugar e Rosario nos contou que ele ficava ali até altas horas.

— E por que não desce pra ver o que ele quer? — sugerimos.

— Por quê? — disse ela. — Se ele precisa de ajuda, que suba.

— Isso tá muito esquisito — disse Emilio.

Depois decidiu sair de trás das árvores e sentou na calçada da frente. Não soubemos se resolveu aparecer porque viu que fora descoberto ou se era parte de alguma estratégia, o fato é que chegava de manhã bem cedo antes de Rosario acordar — que não era tão cedo assim — e ficava até que ela apagasse a luz de seu quarto. Passava o dia inteiro olhando para a janela dela, como fazia na boate vendo-a dançar com Emilio, quando já a perdera definitivamente.

— O que é que esse cara tem? — perguntou Emilio inquieto. — Tá apaixonado de novo?

"Doce ilusão, Emilio", pensei. Como alguém poderia tirar Rosario do coração e depois tornar a amá-la? Quando alguém começava a amá-la a amava para sempre, não fosse assim, por que outra razão eu estaria aqui neste hospital? Do que eu tinha certeza era de que só por amor Ferney fazia o que fazia, porque não existe outro motivo para alguém ficar sob sol e chuva debaixo de uma janela.

— Não gosto disso. Não estou gostando nada do que esse cara tá fazendo — insistia Emilio.

— Mas ele não está fazendo nada — disse eu em defesa dele, movido por uma cumplicidade inexplicável.

— Justamente — disse Emilio. — Disso mesmo é que não gosto.

Quem não agüentou foi Rosario, já estava cansada de ser vigiada, sentia-se culpada pela situação de Ferney; intrigada, não entendia por que não subia se tantas vezes teria feito sinal com a mão convidando-o, por que ele recusava a comida que ela mandava pelo porteiro, por que, se uma vez em que estava sozinha lhe gritara lá de cima: "Sobe, Ferney, deixa de ser babaca!" Mas ele continuava impávido, como se fosse surdo, cego e nem a fome lhe tentasse.

— Vou descer — disse ela finalmente.

Emilio se alterou, começou a gesticular antes mesmo de dizer qualquer coisa, e quando finalmente as palavras lhe saíram teria sido melhor que tivesse ficado calado.

— Por ele sim, mas quando eu tava fodido por sua culpa, nem me ligava, nem me visitava, nem perguntava por mim, mas, é claro, por ele sim.

— Olha aqui, Emilio — disse ela com uma chave tão perto da cara dele que pensei que estava decidida a cortá-lo. — Olha, Emilio, ninguém pode ter fodido você, você já nasceu assim e se vai fazer ceninha é melhor cair fora.

— Fechado! — disse ele. — Se o que você quer é ficar com esse casposo, tudo bem, caio fora, mas não vai me ver mais nem pintada.

Antes que ele acabasse suas ameaças, o elevador já tinha se fechado com Rosario dentro. Ele foi pelas escadas e eu corri para a janela para não perder o desenlace. Primeiro saiu ela e a vi atravessar a rua, diminuindo o passo conforme se aproximava de Ferney. Depois saiu Emilio, entrou no carro, fechou-o com violência e arrancou a toda. Abri a janela para escutar o que diziam mas parecia que não estavam falando, mas sussurrando, ou olhavam-se, como conversam os que se amam. Vi Rosario sentar-se ao lado dele, ombro a ombro, vi como ele recostava a cabeça no colo dela, como se estivesse chorando, e a vi cobri-lo com seu corpo, como se protegesse um filhotinho da intempérie, vi que ficaram um bom tempo assim; então pensei no quanto a vida é difícil e na fila indiana dos namorados, e no último da fila, que não é amado por ninguém, e me perguntei se seria Ferney ou eu. Depois vi que o pegou pela mão, ajudou-o a se levantar, e sem soltá-lo o conduziu até o edifício, aí os perdi de vista até que os vi entrar no apartamento e seguir até a cozinha, escutei barulho de pratos e talheres, e um silêncio incômodo me fez lembrar de que onde há três sempre sobra um.

— Como é a vida, parceiro — lembrei-me também do que tinha dito Rosario certa vez. — O dia que Ferney conseguiu seu melhor trabalho, neste dia, me perdeu.

— Foi para "eles", não foi?

— Isso mesmo — disse. — Nesse dia foi que conheci os caras.

— Ainda não me contou como conheceu os caras — reclamei.

— Claro que contei pra você.

Foi quando Johnefe e Ferney viajaram juntos para Bogotá a fim de fazer um trabalho do Escritório. Levaram as meninas para uma fazenda enquanto os meninos cumpriam a tarefa e marcaram de se encontrar ali depois. A fazenda era dos caras.

— Os caras chegaram lá por volta da meia-noite — contou Rosario. — Johnefe e Ferney já tinham chegado. A gente estava na maior animação, e parecia que eles também queriam comemorar. Chegaram muito contentes, com música, fogos, droga, mais mulheres, enfim, você sabe. De qualquer jeito, foram muito carinhosos e simpáticos, principalmente comigo.

Pude imaginá-los, pude vê-los dando voltas como urubus sobre a carniça, e não é que Rosario fosse isso, mas fiquei com raiva só de pensar neles olhando-a com desejo, com a luxúria que se reflete nas suas enormes barrigas, nos risinhos malévolos, e não estava enganado, porque ela mesma me contou o que chegou a ouvir.

— E essa menina linda, quem é? — perguntou o mais durão dos durões. — Tragam-me aqui esse filezinho.

E como o "filezinho" já sabia de quem se tratava, nem por um decreto se deixou levar, e certamente fez charme como quando quer se mostrar, e certamente o olhou como quem quer alguma coisa, e sorriu-lhe, certamente como sorriu para mim na noite em que quis algo comigo.

— E Erley? — perguntei. — Ficou com cara de quê?

— Ferney — corrigiu. — Nem vi a cara dele.

"Não foi capaz de olhá-lo, Rosario Tijeras"; não cheguei a dizer isso, mas sei que foi assim, porque também não nos encarava quando se ia com eles e porque nem para mim pôde olhar quando se viu nua ao meu lado, sem um lençol sequer para nos cobrir.

— E Johnefe? — tornei a perguntar.

— Que a menina decida — disse-me Rosario que o ouvira dizer.

Ainda não a conhecia mas sei que nesse dia todos a perdemos. Até ela perdeu o que era antes, e tudo o que tinha sido se transformou apenas num resumo de sua consciência. A partir desse momento sua vida deu uma guinada que a tirou de suas privações, lançando-a a nós, neste lado do mundo em que, à exceção do dinheiro, não existem muitas diferenças em relação ao que ela deixava.

— A partir desse momento minha vida mudou, parceiro.

— Pra melhor ou pra pior? — perguntei ainda com raiva.

— Deixei de ser pobre — disse. — Isso por si só já é bastante coisa.

Depois que Rosario subiu com Ferney a seu apartamento, ele ficou lá cerca de uma semana. Afastei-me um pouco, não tanto quanto Emilio, que sumiu de vez, mas mantive ao menos nosso contato telefônico diário e uma ou outra visita. Não lhe perguntei nada, nem o que estava acontecendo com Ferney, nem por que tinha ficado lá com ela, não quis saber de nada, nem sequer supor o que estava acontecendo entre eles, se estavam dormindo juntos, se ela tinha decidido voltar para ele; nada, tampouco me queixei com ela, com que direito, uma noite só não me deu direito a nada. O que ficou claro foi o pressentimento que tive de que Ferney estaria queimando seus últimos cartuchos nesta vida, mas também confirmei que aqui ninguém tem nada assegurado, e digo isso porque numa dessas visitas que fiz a ela a salvei de uma tragédia, ou de um susto, porque na maioria das vezes basta um segundo para que o destino decida se é um ou o outro. O fato é que Rosario tinha o costume, aprendido com os seus, de ferver as balas em água benta antes de lhes dar o uso premeditado. Daquela vez ela esquecera de tirá-las do fogão, e a água, evidentemente, já evaporara. Encontrei-as dançando dentro de uma panela e não sei como nem de onde tirei o impulso de colocá-las debaixo da água fria. Foram dois segundos nos quais pensei em tudo, em Rosario entrando na cozinha e nas balas atingindo-lhe numa louca explosão, pensei em mim mesmo com a panela fervendo e de repente "pum!", antes de chegar à água, em Rosario e em mim baleados numa estufa, caídos sem vida no piso da cozinha. Cheguei até ela com as mãos cheias de bolhas e pálido como se a explosão tivesse acontecido.

— Rosario, olha só! — disse-lhe com voz apertada.

— O que aconteceu contigo?

— As balas.

— Que balas? — perguntou, mas logo os projéteis lhe vieram à lembrança. — Puta que pariu, as balas!

— Numa carreira foi até a cozinha sem me perguntar o que tinha acontecido. Certamente tranqüilizou-se ao vê-las submersas numa panela com água até a boca. Quando voltou, encontrou-me jogado em sua cama, com as mãos abertas e viradas pra cima, como se estivesse esperando que alguém me jogasse um balão do céu.

— Não sei onde tenho a cabeça — disse, sem dar atenção as minhas mãos.

— Em que está metida, Rosario? — perguntei.

— Em nada, parceiro. Essas balas não são pra mim — disse. — Prometi a você que ia mudar.

Depois fez-se um silêncio e nos olhamos fixamente nos olhos, eu para neles buscar a verdade e ela para me mostrar. No entanto, apesar de seu olhar limpo, eu continuava sem entender a presença dessas balas na cozinha. Finalmente, Rosario não agüentou o peso de meus olhos.

— São para Ferney.

Sua expressão mudou. Parecia que ia chorar. Buscou com a mão onde se sentar até que encontrou a quina da cama. Vi que tomava fôlego, agarrava as mãos uma na outra, como se se aferrasse à mão de outra pessoa só para me dizer o que nunca dizia.

— Estou com medo, parceiro.

Apoiei-me nos cotovelos para me erguer, ainda sentia minhas mãos como duas brasas, ainda esticadas, mas não o suficiente para tirar Rosario de seu medo.

— O que está acontecendo, Rosario?

Vi seus dedos brincarem com o escapulário do punho, vi-a olhar para o outro lado para dar um tempo para falar, reunindo forças para que sua voz não tremesse, esperando que o coração voltasse ao ritmo normal.

— Estou com medo de que matem Ferney, parceiro. Marcaram ele e agora querem matá-lo.

Não pude lhe dizer nada. Fiquei calado procurando uma frase rápida para ajudá-la em seu temor. Não encontrei palavras para desafiar a iminência, nada que alimentasse a esperança, nem sequer uma mentira.

— Ferney é o único que me resta.

"Talvez o único que reste de seu passado, Rosario, porque, se você quisesse, eu ficaria para sempre com você e você não precisaria de nada mais", disse a mim mesmo em silêncio, doído por sua exclusão. Mas devo admitir que procurei me confortar com meu egoísmo e meu ciúme, porque era impossível não sentir algum alívio ao imaginá-la só, desprotegida, sem nenhum dos que quiseram se apropriar dela. Só, exclusivamente comigo como uma ilha.

— Por que é que você tá assim? — perguntou-me de repente, mudando de assunto.

— Assim como?

— Com as mãos assim — explicou me imitando —, como se alguém fosse jogar um balão pra você.

— Queimei minhas mãos. Na panela.

Uma gargalhada apagou sua tragédia, devolveu-lhe a beleza e o brilho nos olhos.

— Vamos ver, deixa eu ver isso — disse-me e se aproximou. Tomou-me as mãos com uma suavidade que não parecia dela. Aproximou-as da boca e soprou-as, refrescou-me com um ar frio que me fez pensar que era verdade que Rosario tinha gelo por dentro, um gelo que nem sua paixão nem sua voltagem derretiam, e que mantinha o sangue gelado para que nunca fraquejasse no intuito de fazer o que fazia.

— Você é muito idiota, parceiro — disse e me deu um beijo no dorso da mão. — É por isso que eu te amo.

"Por ser idiota!" Não sabia se começava a rir ou a chorar. "Desgraçada", insultei-a em meus pensamentos, mas ela continuou com minhas mãos entre as suas, soprando-as sem me olhar, rejubilando-se com um risinho sacana que me fez sentir mais idiota do que ela tinha dito. Mas depois, quando fechou os olhos e pôs meus dedos em sua bochecha e começou a se acariciar com eles, a mimar-se com essa suavidade que continuava parecendo alheia, pensei que valia a pena continuar me sentindo assim.

14

Acabaram matando-o. Não soube quando ele se foi do apartamento de Rosario, nem em que estava metido. Não voltamos a falar com ele. Nossas vidas pareciam ter retomado o curso normal e passamos cerca de duas semanas bem tranqüilos. Emilio tinha voltado a pedir penico e lhe deram; a mim, que nada pedi, serviram-me a merdinha diária e a comi, e Rosario parecia pensativa enquanto Emilio passava bem e eu mal pra cacete. Um dia, uma manhã em que acordamos na casa de Rosario, chegou o jornal com a foto de Ferney nas páginas policiais. Eu vi primeiro. Rosario e Emilio ainda não tinham se levantado. Li a notícia que acompanhava a foto, referiam-se a ele como a um perigosíssimo delinqüente que havia sido eliminado numa operação da polícia; voltei a olhar a foto para confirmar o lido, era ele, com nome e sobrenome e com um número em seu peito para que não restasse dúvida de que era perigoso e possuía antecedentes. Corri para o quarto deles mas a sensatez me conteve, tinha de pensar em Rosario, em como lhe dar a notícia e qual seria sua reação. Primeiro tinha de contar a Emilio, planejar algo entre nós, mas ele continuava dormindo, colei minha orelha à porta para ver se escutava algum indício de que estivessem acordados, mas nada, e as horas passavam, passavam e nada de eles despertarem. Quando não me agüentei mais bati na porta; Emilio respondeu com uma palavra pela metade.

— Emilio — disse de fora —, telefone pra você.

Mal falei isso corri até a sala, levantei a extensão, a tempo de evitar que Emilio desligasse por não ter ninguém na linha, peguei-o no último "alô".

— Emilio! — disse eu, falando baixinho. — Sai do quarto que eu preciso falar com você.

— E onde você está? — disse meio dormindo.

— Aqui, idiota! — o sinal do telefone não me deixava falar. — Mas não diga que sou eu.

— E por que não entrou? — voltou a perguntar.

— Não posso, porra! Sai que preciso falar com você.

— Me deixa dormir.

— Emilio! — o telefone começou a dar sinal de ocupado, enlouquecedor para meu desespero. — Emilio! Mataram Ferney.

Dois segundos depois, como se a conversa tivesse sido interrompida, Emilio apareceu na sala, descabelado e com olhos arregalados apesar do inchaço.

— O quê?

— Olhe.

Emilio pegou o jornal antes que eu pudesse apontar a foto. Foi se sentando em câmera lenta enquanto lia, esfregava os olhos para tirar a nebulosidade deixada pelo sono, e quando terminou olhou-me estupefato.

— Anda, vai se vestir que a coisa é séria — disse a ele.

— E quem vai contar pra ela?

Essa pergunta já havia feito a mim mesmo. Para nós o grave não era a morte de Ferney, mas a reação de Rosario. Nós a conhecíamos muito bem, sabíamos que uma morte dessas desencadearia muitas outras e que não era estranho que neste momento nos incluísse.

— Você então — disse a ele. — Você que é o namorado.

— Eu? Ela é capaz de me capar. Você sabe que eu não topava esse cara. Conta você, que em você ela confia.

Outra vez a mesma história. "Em você ela confia mais", como se essa confiança tivesse servido de alguma coisa, ao contrário, me deixava puto, me colocava no lugar das amigas; além disso, este imbecil me emprestava e me tirava Rosario quando lhe convinha. À merda com essa história!

— Claro! — disse-lhe furioso. — Para comê-la você tem a confiança dela, pra enfrentá-la não!

— Mas você é idiota ou o quê? — agora ele começava a se esquentar. — Não vê que ela é capaz de pensar que fui eu quem mandou matá-lo? Não vê isso?

— Claro! É que eu tinha me esquecido que aqui o idiota sou eu. Sou aquele que tem de ficar calado, o que engole em seco, o que tem de se contentar em ver, o único a quem dão confiança mas para que coma merda!

— Como assim? — perguntou Emilio. — O que é que você está dizendo?

Fiquei sem saber o que responder, esperando que a raiva que me metera naquilo agora me ajudasse a sair. Mal ou bem, naquele instante não soube, ficamos calados os dois e, diante da surpresa, esquecemos dos gritos.

— Mas o que tá acontecendo, meninos? — perguntou Rosario, nos olhando.

— Rosario! — dissemos em coro.

Do calor passamos ao frio e da agitação à rigidez. Olhamos um para o outro buscando uma resposta, um sinal, uma luz, um milagre, qualquer coisa que nos safasse do repentino nó que tínhamos diante de nós. Mas nada aconteceu, salvo um incômodo silêncio que Rosario tornou a romper com a pergunta.

— O que tá acontecendo, meninos?

Com os olhos fiz um sinal a Emilio para que lhe mostrasse o jornal. Como tinha ficado muito amassado durante a conversa, Emilio tentou esticá-lo um pouco com a mão e depois, sem dizer nada, entregou-lhe. Ela pegou sem entender muito bem do que se tratava, se bem que acho que intuiu, porque, antes de olhá-lo, sentou-se, ajeitou o cabelo para trás da orelha e pigarreou. Emilio e eu também nos sentamos, era melhor estarmos apoiados em alguma coisa para agüentar o que viria, mas o que veio não foi a explosão que esperávamos mas a reação que qualquer um teria diante de uma notícia daquelas. Abaixou a cabeça, cobriu o rosto com as mãos e começou a chorar, primeiro baixinho, controlando seu pranto, mas depois forte, com gritos abafados, vencida pela notícia. Emilio e eu continuávamos nos olhando, queríamos abraçá-la, oferecer-lhe nosso ombro, mas sabíamos o quão suscetível Rosario era a qualquer demonstração inoportuna.

— Eu sabia — disse com palavras cortadas. — Eu sabia.

Mas por mais que a pessoa saiba como é nunca se acostuma. Todos sabemos que vamos morrer um dia, e no entanto...

Ainda mais extraordinário era o caso de Rosario, no qual a morte tinha sido o pão de cada dia, a notícia mais persistente, e até a razão de viver. Várias vezes a escutamos dizer: "Não importa quanto se vive, mas como se vive", e sabíamos que esse "como" era arriscando a vida diariamente em troca de uma grana para a televisão, para a geladeira da mãe, para levantar o segundo piso da casa. Mas ao vê-la daquele jeito entendi o quão democrática era a morte quando começava a distribuir a dor.

Sem levantar a cabeça Rosario esticou a mão, que ficou exatamente entre mim e Emilio, nem mais perto de mim nem de Emilio, bem no meio, mas Emilio foi quem fez o papel de uso do direito de namorado e a tomou; no entanto, ela precisava de mais que isso.

— Você também, parceiro — disse-me, e senti que era impossível amá-la mais.

Apertou-nos forte. A mão molhada de lágrimas, fria como o ar e trêmula apesar do apertão forte. Com a outra mão limpava os olhos, que não paravam de chorar, segurava o cabelo que caía sobre o rosto, tocava o coração que queria sair pela boca, e com essa mão também pegou o jornal que tinha caído e o aproximou da boca, para dar um longo beijo na foto de Ferney. Depois apareceu a Rosario que estava oculta, a que o impacto não tinha deixado aparecer, a verdadeira Rosario.

— Vou matá-los — disse. Emilio e eu paramos de apertá-la. Invadiu-me um mal-estar que me deixou inerte na cadeira, com uma sensação de derrota da qual só a pergunta de Emilio me tirou.

— Nós? — perguntou.

Rosario e eu o olhamos, agora sim com vontade de matá-lo, mas ao ver sua pinta de galã desfigurada pelo medo me deu foi vontade de rir, não o fiz porque a situação não agüentava dar mais voltas aos sentimentos, embora Rosario não tenha evitado dizer o que Emilio merecia.

— Babaca! — disse, e depois voltou a meter a cara entre as mãos, voltou a chorar e a repetir "vou matá-los", embora fosse difícil de entender porque sua voz sumia ao sair dos lábios, mas uma coisa, sim, deu para entender, que Rosario queria matá-los.

Pediu-nos que a deixássemos sozinha, que queria descansar, que precisava pensar, pôr os sentimentos em ordem. As desculpas que uma pessoa sempre dá quando os outros a estão importunando. Era compreensível que ela não quisesse ficar com a gente, mas também era perigoso, sabíamos o que tinha feito em situações similares.

No entanto não fomos, não lhe dissemos nada, não havia nada a ser dito quando Rosario metia uma coisa na cabeça. Naquela noite, antes de me deitar, liguei para ela com o pretexto de lhe perguntar como estava, mas na verdade queria era comprovar que Rosario já havia começado seu plano vingativo. E de fato não estava, atendeu-me a secretária eletrônica; deixei um recado pedindo que ligasse para mim com urgência porque tinha algo muito importante para falar com ela, quando na verdade só temia por ela, por isso me ocorreu chamar sua atenção com uma informação que não existia. Naquela noite não ligou para mim, nem na manhã seguinte quando lhe deixei outra mensagem, nem no dia seguinte nem nos que se seguiram, só quando fui ao edifício perguntar por ela, com a esperança de que estivesse lá e que simplesmente não estivesse atendendo o telefone, só então, quando o porteiro me informou que Rosario tinha saído naquele dia pouco depois de sairmos, senti o arrepio de pressentimento.

— Pediu pra eu ficar de olho no apartamento porque ia demorar — arrematou o porteiro.

Fui direto para a casa de Emilio, o único com quem poderia compartilhar, embora em parte, minha insegurança. Mas em vez de encontrar apoio, recebi uma série de injúrias dirigidas a Rosario que ele não podia mais esperar para dizer e que, no entanto, me deixou um grande vazio.

— Não entendo essa sua puta mania de sumir sem avisar! Que trabalho dá pegar a porra do telefone e me dizer que vai cair fora!

— Eu não... — tentei dizer.

— Claro! Se você acoberta tudo! Aposto que pra você ligou e até se despediu. Como pude não enxergar esse casinho que existe entre vocês.

— Eu não... — tornei a tentar.

— Mas que sem-vergonhas vocês são! Quando ligar para você, diz que agora vai ver quem eu sou, e diz também que mandei dizer que vá de uma vez à puta que a pariu.

Não me deu tempo para nada, nem de calar sua boca com uma porrada, que era o que merecia; deixou-me parado à porta de sua casa com toda a minha angústia intacta, sem saber o que fazer nem para onde ir, totalmente alheio, com vontade de saber no mínimo que horas eram.

— Que estranho — disse o velho na minha frente. — Já é dia e esse relógio continua marcando quatro e meia.

A voz dele me fez abrir os olhos e voltar a mim. Tinha razão, já era dia, dia adiantado, algo precisava ter acontecido, passara muito tempo e era preciso saber alguma coisa, o problema era que agora não tinha ninguém a quem perguntar, a enfermeira desaparecera e embora os corredores e a sala começassem a encher de gente, não encontrei quem pudesse informar sobre Rosario; era estranho, não havia ninguém de uniforme, ainda que não me parecesse estranho que nestes hospitais os médicos se escondam da gente.

Quando ia me sentar, o velho se adiantou e me deteve:

— Não se preocupe, vou perguntar pelos meninos.

No mínimo ele sabe o quão importante é este exercício de recordar. Senti que me pedia para voltar a fechar os olhos e regressar ao lugar onde tinha deixado Rosario quando ele me interrompeu. Mas já tinha até esquecido. Foram tantas nossas idas e vindas que é difícil precisar as lembranças. Agora só quero vê-la de novo, voltar a ver-me naqueles olhos intensos que fazia três anos que não via. Quero apertar sua mão para que saiba que estou aqui e aqui sempre estarei. Se voltasse a fechar os olhos, não seria para recordar mas para sonhar com os dias que vinham com Rosario, para imaginá-la vivendo esta nova oportunidade que a vida lhe dava, para imaginar-me vivendo com ela, disposto a terminar o que não deu tempo de concluir numa só noite, essa única noite pela qual sempre vale a pena fechar os olhos para lembrar dela com a mesma intensidade.

— Não me respondeu, Rosario — acho que foi assim que começou tudo.

Estava doce, terna, não sabia se pelo efeito do álcool ou se ficava assim quando queria namorar. Ou porque a via assim quando estava mais apaixonado por ela. Estávamos muito próximos, mais do que nunca, não soube se também era pelo álcool ou porque eu queria que ela estivesse me amando mais, ou se era porque eu queria namorá-la.

— Responda, Rosario — insisti. — Já se apaixonou alguma vez?

Embora seu sorriso pudesse ser a mais linda resposta, eu queria saber mais, talvez buscasse em suas palavras o milagre que tanto esperava, meu nome escolhido entre os tantos que teve e que nesse instante tinha, mas eleito entre todos como um reconhecimento ao maior amor que já lhe professaram, ou se, por razões óbvias, meu nome não estava lá, pelo menos eu queria saber quem podia ter despertado esse sentimento que me matava e que nela não parecia existir.

Daquela vez tampouco me respondeu como eu queria, nem com meu nome nem com nenhum outro. A resposta, em vez disso, foi uma pergunta assassina, como tudo nela, que se não me matou me deixou arrasado, e não pela pergunta em si, mas porque eu estava bêbado e fui sincero e reuni forças para lhe responder, para olhá-la nos olhos quando me perguntou:

— E você, parceiro? Já se apaixonou alguma vez?

15

Da última vez que voltou pra gente demorou mais para regressar. Foram quase quatro meses nos quais nos cansamos de ligar e procurar. Esse tempo foi tão longo para mim que até cheguei a pensar que Rosario tinha ido embora para sempre, que talvez eles a tivessem levado para outro país e que definitivamente não a veríamos mais. Nesse período falei muito pouco com Emilio, ele tinha me ligado poucos dias depois da bronca que me dera, não só para dar uma aliviada no modo que me tratou mas também para saber dela. Cheguei ao ponto de procurar diariamente a foto dela nos jornais, nas mesmas páginas em que tinha saído a de Ferney, mas a única coisa que encontrava era a resenha da chacina das centenas de garotos que apareciam mortos em Medellín.

Depois decidi encarar essa ausência de Rosario como uma boa oportunidade para tirá-la da cabeça de vez. Com tristeza tomei essa decisão, e apesar de não esquecê-la senti que a vida começava a ter um sabor melhor, claro que não faltaram lembranças, músicas, lugares que fizeram sentir novamente a presença dela para complicar minha vida. Pensei que me separar também de Emilio ia ser bom para meus propósitos, se bem que, a julgar pelo seu isolamento, suspeitei que estivesse pensando como eu. Mas como toda história tem um porém, o meu foi que minhas boas intenções não duraram muito, somente até essa noite, na qual como nas anteriores, ao amanhecer, Rosario me ligou.

Com seu habitual "parceiro" tirou-me do sono e me fez gelar por dentro. Perguntei onde estava e me respondeu que tinha voltado a seu apartamento, que fazia pouco havia chegado e que a primeira coisa que fez foi me ligar.

— Desculpe pela hora — falou, e acendi a luz para olhar a hora no despertador.

Perguntei-lhe onde estivera todo aquele tempo e me disse que por aí, a resposta era sempre a mesma. "Por aí acabando com meio mundo", pensei durante o longo silêncio que se seguiu.

— E o que mais? — perguntou por perguntar, para puxar uma conversa e jogar a isca à minha pouca vontade de conversar. Não me sentia feliz por sua volta, nem por ter me ligado, muito pelo contrário, preguiça, cansaço de amá-la outra vez.

— Está muito tarde, Rosario — falei. — É melhor a gente conversar amanhã.

— Tenho coisas muito importantes pra te contar, parceiro. Pra você e Emilio. Já voltou a falar com ele?

Já tinha cumprido a missão de seu telefonema, que, no fim das contas, era sempre perguntar por Emilio. Já sabíamos a história de cor e salteado, a rotina que usávamos para nos enganar. Essas coisas que todo mundo faz para pensar que tudo vai mudar pelo simples fato de que hoje é um novo dia, que o idiota deixará de ser idiota, que a ingrata vai passar a gostar da gente, que o mesquinho vai maneirar, que nós humanos nos livraremos da imbecilidade só porque o tempo passa e tudo cura sem deixar cicatriz.

— Tá me ouvindo, parceiro?

— Não, não soube mais nada dele — disse. — Nem tenho falado com ele.

— Preciso que venham aqui — insistiu. — Preciso contar uma coisa que interessa a vocês.

— Então liga pra ele e vê como é que tá — disse-lhe com vontade de desligar. — Depois você me conta.

Ficamos assim. Embora sua intenção fosse que eu preparasse o terreno para que pudesse se aproximar de Emilio, daquela vez deixei que ela agüentasse a bronca, se é que ele seria capaz de lhe dar uma. Naquela noite fiquei acordado, não pela inquietude em que me deixaram suas palavras, mas pelo mal-estar que sentimos quando percebemos que nada muda.

Poucos dias depois, estávamos outra vez Emilio e eu na casa dela, nem de boa vontade nem com cara boa, simplesmente atentos à coisa importante que ela tinha para nos contar. Rosario tinha de nos contar. Dava para sentir sua ansiedade só em nos ver, ou no mínimo por desembuchar seu segredo, dava para ver que estava cansada, carregada, e mesmo que não estivesse gorda, se notava que tinha estado, porque tentou nos enganar vestindo as roupas de sempre numa carne que pedia roupas mais folgadas.

— Obrigada por terem vindo, meninos — começou assim. — Sei que vocês estão muito putos comigo, mas se pedi que viessem é porque vocês são a única coisa que me resta no mundo.

Começou falando de pé, com dificuldade para pronunciar as palavras, mas depois das primeiras frases teve de sentar-se, como quando viu a foto de Ferney no jornal, com a diferença de que agora lutava para não deixar cair as lágrimas, mas a voz ficava trêmula quando demonstrava os sentimentos, quando se referia a nós como a única coisa — agora sim — que lhe restava.

— Sei que não concordam com muita coisa que faço — continuou —, e muitas vezes prometi a vocês que ia mudar, mas sempre acabo voltando à estaca zero, é verdade, mas quero que entendam que a culpa não é minha, como posso dizer, é uma coisa muito forte, mais forte que eu e que me obriga a fazer coisas que eu não quero.

Ainda não estávamos entendendo muito bem para onde ia a conversa de Rosario. Olhei Emilio com o canto do olho e o vi tão pasmo quanto eu, seduzido e hipnotizado pelos olhos de Rosario, que se moviam para todos os ângulos, buscando as idéias que justificariam seus atos.

— Vocês não sabem, meninos, como tem sido difícil a minha vida, bom, alguma coisa vocês pegaram, mas minha história começa muito antes disso. Por isso é que agora estou decidida a mudar, porque tenho que fazer alguma coisa que apague de vez todo esse passado e toda essa minha vida que foi tão dura, mas se quero esquecer de tudo isso preciso pegar pesado e buscar uma alternativa definitiva, tão me entendendo?

Emilio e eu nos olhamos novamente: não entendíamos nada, mas sem combinar nada continuamos em silêncio. Não queríamos falar, talvez para agredi-la, para não participar de seus pensamentos e que ficasse por conta dela desenredar sua proposta.

— Olhem só, meninos — começou a acelerar —, o que quero dizer a vocês é que não estou disposta a continuar vivendo assim, mas preciso contar com vocês para isso, não tenho ninguém mais, ninguém que esteja disposto a me acompanhar em meus planos, além disso, acho que vocês também querem mudar, porque o que vou propor a vocês é que agora a gente deixe de ser pobre de uma vez por todas.

Emilio e eu ficamos paralisados, como se as palavras nos tivessem feito engolir uma vara, consternados pelo impacto de suas últimas palavras. Nós a vimos sorrir pela primeira vez naquela tarde, com os olhos arregalados esperando nossa reação. Agora sim era hora de quebrar o silêncio.

— Desculpe, Rosario — disse eu —, mas até onde sei nem você nem nós somos pobres.

— Já te disse, parceiro. — Ficou de pé e começou a caminhar de um lado para outro. — Já te disse: tudo isso aqui é emprestado, e mais dia, menos dia, me tiram, e, vem cá, você tem muita coisa? E você, Emilio? Vão me perdoar, mas nenhum dos dois tem merda nenhuma, tudo é do papai e da mamãe: o carro, a roupinha, tudo o que ganharam, vocês não têm nem um puto de um apartamento para morar, ou tô enganada?

— E então, o que é que você quer? — perguntou Emilio num tom provocador.

— Se parar de falar aos trancos eu explico pra você — respondeu ela no mesmo tom.

A reunião estava esquentando. Estávamos todos de pé e muito inquietos, conhecendo o eleitorado não era difícil imaginar as intenções de Rosario. Para mim, de qualquer jeito, as discussões nunca agradaram.

— É muito fácil — explicou ela. — O negócio tá redondinho, já tenho meus contatos, os daqui e os de Miami.

— De onde? — interrompeu Emilio.

— Ai, Emilio, deixa de ser babaca! — disse Rosario. — Para isso é preciso ter contatos aqui e lá, ou está pensando em entrar nessa sozinho?

— Nem sozinho nem acompanhado! — respondeu. — Você tá pensando o quê, Rosario?

— E de onde você pensa que sai todo esse pó e esse bagulho que você bota pra dentro? Tá pensando que cai do céu?

Por um momento pensei que iam sair no braço. Não imaginava como acalmar-lhes os ânimos alterados, além disso, pela minha experiência, sabia o quanto podia custar uma intromissão.

— Olha, Rosario — disse Emilio —, você errou de sócios, lembre-se que somos gente decente.

— Decente! Ha ha! — replicou furiosa. — Vocês são dois babacas mesmo!

— Vamos — disse-me Emilio.

Olhei para Rosario mas ela não percebeu, estava suspirando alto, com a cabeça abaixada e os braços cruzados, encostada na parede. Emilio abriu a porta e saiu, eu queria dizer alguma coisa mas não sabia o quê, por isso decidi dizer: "Rosario, não sei o que dizer", mas ela não me deixou, antes que eu pudesse abrir a boca me disse:

— Anda, parceiro, cai fora você também!

Levantei os ombros num gesto imbecil e saí olhando para o chão. Emilio estava em pé, esperando o elevador, apertando com insistência o botão para descer, mas antes que abrisse a porta vimos Rosario balançar a cabeça e nos gritar da porta:

— Tá vendo como vocês são? Pensam que são de famílias melhores mas quando alguém vai ver são uns filhos-da-puta!

Fechou a porta numa porrada só quando entramos no elevador. Estávamos tão emputecidos que não nos demos conta de que em vez de descer, subíamos.

Esperei uns dias para ligar, embora ainda continuasse sem saber o que lhe dizer. A idéia era neutralizar um pouco os ânimos, de quebra averiguar mais sobre as intenções de Rosario e se tudo coincidia com minhas suposições, tentar dissuadi-la para que não cometesse uma loucura. Suas reações eram tão imprevisíveis que a encontrei de ótimo humor, quando o que eu esperava era uma situação semelhante à última que tivemos. Disse-me que estava cozinhando uma coisa deliciosa e me convidava a comer com ela.

— Que coincidência, parceiro! — disse. — Fiz esse prato pensando em você.

Embora não tenha acreditado muito nessa coincidência, pouco tempo depois estava com ela, comendo algo que além de não ter nome não tinha gosto, mas me encantou vê-la curtir o experimento. Depois sentamos perto da janela para ver a cidade de noite, as luzes cintilantes de que Rosario tanto gostava; entrava uma brisa fresca, e com a música e o vinho dava vontade de eternizar aquele momento. De repente mudou o semblante, como se tudo isso que me inspirava nela começasse a doer, parecia-me que seus olhos se haviam encharcado, mas também podiam ser as luzes da cidade refletidas neles.

— O que é que você tem, Rosario?

Tomou um pouco do vinho, e para tirar minha dúvida, limpou os olhos chorosos.

— Um pouco de tudo, parceiro.

Voltou a olhar para a cidade e deixou a cabeça cair um pouco para trás, talvez para que a brisa refrescasse seu pescoço.

— É tudo, parceiro — disse. — Solidão, a morte de Ferney, a viagem...

Senti um eco pesado dentro de minha cabeça, a palavra num golpe seco e depois se repetindo com força: "a viagem, a viagem, a viagem". Quis entender que se tratava de outra coisa, de outra viagem, mas não ganhava nada me enganando, por fim sabia a que ela se referia mas não queria falar disso.

— Como foi a história do Norbey? — perguntei.

— Ferney — corrigiu sem vontade. — Foi horrível, você nem imagina como ele tava, não tinha mais espaço para uma bala, não sei por que meteram tanta bala, com uma só teriam matado. Mas mataram com raiva.

Escaparam-lhe mais duas lágrimas que tentou disfarçar com um grande gole de vinho. Assoou o nariz com um guardanapo.

— O pobre Ferney sempre sofreu por sua má pontaria — continuou. — De repente por isso mataram ele. Inventou de amarrar os três escapulários no pulso para não falhar na pontaria e ficou sem o do coração para se proteger e sem o do tornozelo para voar. Muito babaca, Ferney.

— Mas puderam enterrá-lo?

— Claro — disse. — Pertinho de Johnefe.

A brisa empurrou o cabelo sobre o rosto dela, e com o gesto que eu tanto adorava ela colocou-o atrás das orelhas, olhou para mim e sorriu sem motivo, pelo menos eu não lhe dera nenhum.

— Quando se sentir sozinha — falei —, não deixe de me ligar.

Acho que aí sim lhe tinha dado um motivo para sorrir e realmente sorriu-me de novo. Apertou minhas coxas, como fazia para manifestar seu afeto, e depois tateando procurou minha mão, sem se alterar quando ao encontrá-la roçou no volume entre minhas pernas. Finalmente a encontrou, aberta, pronta para que a tomasse.

— Você vai me fazer muita falta, parceiro — disse. — Vou sentir muita saudade de você.

Naquela noite não preguei o olho pensando numa ausência que parecia definitiva. Invadiu-me uma angústia que ia aumentando com a insônia ao imaginar minha vida sem Rosario, achava que era praticamente impossível continuar sem ela, e motivado pelas recordações me aferrava a essa idéia. Abraçado ao travesseiro senti novamente um por um os sentimentos que ela me despertava, e com eles voltaram a queimação no estômago, o frio no peito, a fraqueza nas pernas, o desgosto, o tremor nas mãos, o vazio, a vontade de vomitar e todos os sintomas que atacam traiçoeiramente os apaixonados. Cada minuto daquela noite se transformava num elo a mais da corrente que me atava a Rosario Tijeras, um degrau a mais da escada que me conduzia ao fundo, minutos que em vez de coincidir com a clareza do amanhecer perdiam-me num túnel escuro, igual ao dela e do qual tantas vezes implorei que

saísse. Só consegui dormir um pouco quando o sol começou a bater forte através das cortinas e quando a idéia de
seguir Rosario em sua louca corrida já me havia vencido.

Os dias seguintes não foram diferentes daquela
noite, eu diria até piores, com dúvidas e temores perma-
nentes, com a certeza de que sem ela definitivamente não
agüentaria e alimentado pela esperança do último da fila
que se consola com o pouco que lhe dão, com o que resta,
com as sobras dos outros, ou, no caso de Rosario, iludido
porque agora ela estava sozinha e aparentemente não tinha mais ninguém além de mim. Talvez isso tenha sido o
que mais alimentou minha idéia de segui-la: a recompensa que receberia como prêmio por minha incondicionali-
dade. O resto eram pedaços de um filme em que Rosario
me havia metido, Rosario sozinha, sem Emilio, porque
eu estava decidido a não contar nada para ele sobre meus
planos, sem Ferney, porque esse estava morto, sem os durões, porque era justamente deles que queria se separar;
só comigo, noutro país e com o antecedente de uma noite
juntos, o que mais podia querer da vida.

Mas como a vida raramente nos dá o que queremos, dessa vez também não quis abrir uma exceção.
Liguei para Rosario a fim de aceitar sua proposta, mas, é
claro, com algumas condições: iria com ela, mas não par-
ticiparia do negócio, seria simplesmente o acompanhante,
viveria com ela onde ela quisesse, mas a parte do negócio,
não, não podia. No entanto, minha angústia ia e voltava
porque liguei para ela muitas vezes e não me retornava.
Eu sabia os motivos dos sumiços anteriores, por isso dessa
vez meu desespero foi maior, porque não havia uma razão
para que Rosario tivesse sumido assim. De repente me
lembrei de seu "você vai me fazer muita falta, parceiro",
e pensei que talvez aquela fosse sua despedida, discreta e
sem muito barulho, "vou sentir muita saudade de você",
um adeus muito evidente mas que na hora não entendi.

Falei com Emilio para ver o que ele achava, mas eu a conhecia melhor do que ele. Aliás, visitá-lo não foi propriamente uma boa idéia.

— Vou lhe pedir um favor — disse. — Não volte a falar dela comigo.

— Sem problema — respondi. — Não tem como mesmo. Rosario sumiu de vez.

— Se foi embora, melhor ainda.

Não entendi como pôde se alegrar, certamente porque nunca a amou, pelo menos não tanto quanto eu, que não sabia o que fazer, nem aonde nem como ir atrás dela. Fiquei andando por aí, sem rumo definido, buscando possíveis lugares onde pudesse encontrá-la; lembrei-me daquele prédio onde uma vez me pediram para pegar dinheiro, as ruas de subida do antigo bairro e outros dois lugares onde misteriosamente Rosario ia com freqüência. Decidi ir primeiro à sua própria casa, talvez tivesse dito algo ao porteiro. Os porteiros sempre sabem de alguma coisa.

— Está sim, parceiro — disse-me o homem. — Ela acabou de chegar. Pode subir tranqüilo.

Subi o mais rápido que pude, pelas escadas, a paciência não me deixou esperar o elevador. Bati na porta e toquei a campainha ao mesmo tempo, e depois do quem é, sou eu, abriu a porta e me lancei em sua direção num abraço, como abraçaríamos um morto se pudesse ressuscitar.

— Vou com você — disse. — Vou acompanhar você.

Aí foi ela que me abraçou forte, ainda que não por alegria, senti que tremia, por isso acho que foi mais pelo medo, e depois, quando pegou minhas mãos para me agradecer, senti que estavam mais frias do que nunca e tão suadas que não era fácil segurá-las.

— Onde você estava? — perguntei.

— Preparando tudo — disse. — Você sabe.

Eu não sabia de nada nem queria saber. Não lhe disse as condições em que viajaria. Não me atrevi, decidi deixar para depois, não podia estragar aquele encontro que já me parecia tão impossível, é claro que quando vi uma mala pronta, fechadinha e esperando por ela à porta, entendi que não podia mais postergar meus tais requisitos.

— Quando você vai? — perguntei.

— Quando nós vamos — corrigiu. — Eu aviso você.

Os momentos seguintes foram tão confusos e tão estranhos que ainda é difícil para mim defini-los. Não lembro exatamente da ordem em que ocorreram nem quanto tempo se passou, era noite, disso me lembro, não fazia muito tempo que eu havia chegado, e o que aconteceu, acho, foi o estouro da porta abrindo de uma só vez, depois o apartamento sendo invadido por soldados nos apontando as armas e um deles vociferando ordens. Arrastaram-me para um quarto e Rosario para outro; jogaram-me no chão, pisaram nas minhas costas e diante de meu nariz puseram umas fotos com cifras enormes que anunciavam uma recompensa; eram fotos deles, dos durões, dos patrões de Rosario. Mostraram-me um por um, cada foto acompanhada de um interrogatório, onde estavam, que parentesco eu tinha com eles, por que os escondia, quando os tinha visto pela última vez, e cada pergunta reforçada pelo pé nas minhas costas. Homens entravam e saíam, a única coisa que se escutava eram passos e sussurros, eu não ouvia Rosario, perguntei por ela e não me responderam, depois entrou outro e mostrou alguma coisa ao que falava grosso, "olha só o que encontramos", eu dei uma olhada, era uma pistola, a de Rosario, "não tem documento", tornou a dizer o outro, depois mais silêncio, até que o que falava grosso disse "levem-nos" e pensei que a veria, que nos levariam juntos, mas não foi assim, não sei se a levaram primeiro, não a vi quando me levaram, tampouco a vi depois, quando minha família resolveu meu problema, nem quando voltei a perguntar por ela e me disseram que alguém tinha livrado a cara dela, não a vi mais, nem no dia seguinte, quando o porteiro me disse que tinha viajado, não a vi mais até esta noite, quando a catei na rua e a trouxe, três anos depois, quando já me havia recuperado de seu sumiço, quando a lembrança dela já tinha feito calo, até hoje, até este preciso instante em que finalmente um médico resolveu aparecer, acho que foi aquele que a recebeu, vejo-o falar com a enfermeira, aponta para mim, aponta-me com o dedo como se fosse o cano frio de uma pistola, aponta-me, vem, com a máscara no queixo, a barba por fazer, caminha devagar como se não tocasse o chão, olha-me enquanto se aproxima, está com os olhos vermelhos e cansados, tem sangue no jaleco, é ele, agora tenho certeza, foi ele quem a recebeu, parou de apontar para mim, agora tenho certeza, agora o entendo. Cubro meus ouvidos para não ouvir o que vai me dizer. Aperto os olhos para não ver desenhadas em seus lábios as palavras que não quero ouvir.

16

"Até a morte te ilumina, Rosario." Nada mais me ocorre ao vê-la estendida para sempre. Não fui capaz de levantar o lençol, alguém o fez. E se não me tivessem contado, pensaria que estava dormindo, dormia assim, com a aparência tranqüila que não tinha acordada. "Até a morte te ilumina", não me lembrava do quão linda era, o tempo começava a apagá-la de mim, talvez um dia serei grato à vida por este momento, se não estivesse aqui, seu rosto se extraviaria na memória. Queria beijá-la, lembrar do gosto de seus beijos, "seus beijos têm sabor de morte, Rosario Tijeras", Emilio já me havia advertido e pude comprovar depois, disse a ela quando a beijei, quando não sei por que começamos a nos agredir, depois de fazermos amor, como se nos cobrássemos pelo pecado, ou porque talvez essa fosse sua forma de amar, ou porque o amor fosse assim. Teria bastado pôr a culpa nos tragos, não era necessário que nos ofendêssemos, nenhum de nós teve culpa, ou se houve culpa foi dos dois, as coisas são assim.

— E você, parceiro? Já se apaixonou alguma vez?

Lembro que o pouco que perguntou o fez num tom infantil, numa mistura estranha de menina e mulher, utilizando esse tom afetado com que as mulheres fazem charme. Respondi. Pertinho do rosto dela, porque durante as perguntas já ficávamos muito próximos, por isso não tive de falar alto para lhe responder que sim, que ainda estava, e ela me perguntou baixinho, "Por quem?", e ainda que ela soubesse a resposta, respondi-lhe ainda mais baixinho: "Por você." Houve um silêncio no qual prevaleceu a música e os sentidos se aguçaram para começar o que tanto esperaram. Quando abri os olhos já não pude vê-la porque estávamos nariz com nariz, minha testa apoiada na dela, minha mão sobre suas coxas, e ela também acariciando as minhas. Também sentimos o hálito de aguardente e o ar entre as bocas, depois o roçar das bochechas apertando-se cada vez mais uma contra a outra, até que os lábios se encontraram, até que se buscaram e se encontraram, e quando estiveram juntos não quiseram mais se separar, mas pegaram-se com mais força e se abriram, e se morderam e as línguas foram fundo, passaram seu sabor de bebida e morte, "seus beijos têm sabor de morte", lembrei, mas também tinham vontade de continuar, vontade do que aconteceu depois, o que continuamos com as mãos e o corpo enquanto nossos dentes se arranhavam, como posso esquecer, se minhas mãos se eletrizaram quando as meti pela primeira vez por debaixo de sua blusa, e depois foram violentas, fomos violentos, porque assim é o amor desesperado, e rasgamos nossa roupa, de um puxão só tirei sua camisa com a agradável surpresa de não ter de tirar mais nada, e ela de um puxão só tirou a minha, e sem separar as bocas desabotoei sua calça jeans, e ela parou de me arranhar para abrir a minha, e num segundo, entre gemidos e mordidinhas e as mãos sem dar trégua, ficamos do jeito que a gente queria.

— Parceiro... — disse ela colada à minha boca.

— Minha menina... — disse. Depois não pude dizer mais nada.

O que aconteceu foi meu mais belo e doloroso segredo, e agora que está morta, continuará sendo para sempre mais secreto e ainda mais saudoso e doloroso. Vou escrevê-lo num diário para que sempre volte novo, como se tivesse acabado de acontecer, por isso gostaria de beijá-la agora, para lembrar outra vez de sua boca, aproveitando que seus beijos sempre tinham o mesmo gosto. Beijá-la agora com a certeza de que não descontará em mim o peso de suas culpas.

— Emilio tem um pau maior do que o seu — disse-me depois, quando a onda da bebida começou a baixar, e já não podia desfazer o que tinha feito. Já não havia mais música nem luz, só a que entrava pela janela, eu estava nu ao lado dela e ela meio coberta por um lençol. Ficou em silêncio esperando minha reação, mas como não entendi esse passo intempestivo do amor ao ódio, demorei a responder. A primeira coisa que pensei, antes que a mágoa me vencesse, foi nessa mania das mulheres de comparar tudo; depois, destruído, pensei no quão miserável seria minha vida com a lembrança de uma só noite, porque naquele instante não me restou a menor dúvida de que seria só aquilo, a reação de Rosario não me permitia pensar em mais nada. No entanto, não sei de onde tirei forças para lançar meu dardo e não ficar como ela queria me ver:

— Talvez não seja uma questão de tamanho — falei —, mas de quem te deixa mais molhada.

Destruiu-me com um olhar. Cobriu-se até o pescoço e virou de costas pra mim. Começava a amanhecer. Aproximei-me um pouco mais, não estávamos tão afastados, afinal de contas dividíamos a mesma cama e doía-me pensar que fosse só aquela vez, por isso arrisquei-me a demonstrar-lhe mais uma vez o que minutos antes lhe fizera saber. Com meus dedos procurei seu ombro e tirei um pouco o lençol para tocar a pele, mas ela se encolheu bruscamente e sem olhar para mim devolveu-me ao meu canto.

— É melhor a gente dormir, Antonio — disse.

Enfiei o travesseiro na cara e chorei, apertei-me com força para que não entrasse o ar nem saísse o pranto, para morrer naquele instante como sempre quis, junto dela, e depois de ter tocado o céu, morto de amor como ninguém morre mais, certo de não poder viver mais com o desprezo. Depois larguei o travesseiro, queria que ela se inteirasse do que tinha feito, em que me convertera, e de propósito soltei meus soluços, não tive de fingi-los porque estavam ali de fato, e continuaram por muito tempo depois, não me importava que me visse chorando, já não tinha mais nada a perder. Não me olhou, nem se voltou nem nada. Sei que estava acordada, não era tão descarada para dormir, de alguma forma sua alma também tinha sido tocada, chegou até a se sacudir quando em voz alta e com palavras muito calculadas eu lhe disse:

— Você é boa na tesoura, Rosario Tijeras.

"Isso é tudo, Rosario", continuo falando-lhe em silêncio, como sempre, "acabou tudo para nós", morro de vontade de beijá-la, "já lhe disse: vou amar você pra sempre", faço qualquer coisa para morrer com ela, "vou amá-la mais ainda a cada coisa que me lembre você, quando ouvir sua música, no seu bairro, em cada palavrão que eu escute e até em cada bala que soe e mate", pego-lhe a mão, ainda está quente, aperto-a esperando um milagre, a maravilha de seus olhos negros me olhando ou um "parceiro, parceirinho" saindo entre seus dentes, mas se não aconteceu quando pretendia que ela me amasse, agora menos ainda, quando nada é capaz de consertar o irremediável. Ainda tem seus três escapulários, não lhe serviram de nada, "gastou suas sete vidas, Rosario Tijeras".

As pessoas sempre se perguntam por onde andará Deus quando alguém morre. Não sei o que vou fazer com todas as perguntas que aparecerão a partir de agora, nem com este amor que não me serviu para nada. Tampouco sei o que vou fazer com seu corpo, Rosario.

— Desculpe, mas precisamos desta sala — disse-me alguém com frieza.

Tenho de deixá-la, olhá-la pela última vez e deixá-la, a última vez que estou com ela, a última vez que pego sua mão, a última, isso é que me dói. Não queria ir sem beijá-la pela última vez, o último beijo do último da fila. Já não dá mais, como sempre, é tarde, levam-na de seu último mundo, rolando sobre a maca, tão linda ainda, "isso é tudo, Rosario Tijeras".

Impressão e Acabamento:

Geográfica
editora